COLLECTION FOLIO

Ludmila Oulitskaïa

Sonietchka

*Traduit du russe
par Sophie Benech*

Gallimard

Titre original :

SONETCHKA

© *Ludmila Oulitskaïa, 1992.*
© *Éditions Gallimard, 1996, pour la traduction française.*

Ludmila Oulitskaïa, connue aussi pour ses pièces de théâtre et ses films, vit à Moscou.

Son roman *Sonietchka* a reçu le prix Médicis étranger ex aequo en 1996.

Dès son plus jeune âge, à peine sortie de la prime enfance, Sonietchka s'était plongée dans la lecture. Son frère aîné Ephrem, l'humoriste de la famille, ne se lassait pas de répéter la même plaisanterie, déjà démodée au moment de son invention : « À force de lire sans arrêt, Sonietchka a un derrière en forme de chaise, et un nez en forme de poire ! » Malheureusement, il n'y avait pas là beaucoup d'exagération : son nez avait vraiment la forme avachie d'une poire, et Sonietchka, une grande bringue à la forte carrure, aux jambes osseuses et au gros derrière aplati, n'avait qu'un seul atout : une volumineuse poitrine de femme poussée trop tôt et pour ainsi dire déplacée sur ce corps maigre. Elle rentrait les épaules, se voûtait et portait d'amples tuniques, honteuse de cette opulence incongrue par-devant et de cette navrante platitude par-derrière.

Charitable, sa sœur aînée, mariée depuis longtemps, mettait généreusement l'accent sur la beauté de ses yeux. Mais c'étaient les yeux les plus ordinaires du monde, pas très grands et marron. Il est vrai que, chose rare, elle avait des cils épais qui poussaient sur trois rangs et tiraient vers le haut le bord renflé de ses paupières, mais il n'y avait rien là de particulièrement beau, c'était même plutôt un handicap, puisqu'elle était myope et portait des lunettes depuis sa plus tendre enfance.

Pendant vingt années, de sept à vingt-sept ans, Sonietchka avait lu presque sans discontinuer. Elle tombait en lecture comme on tombe en syncope, ne reprenant ses esprits qu'à la dernière page du livre.

Elle avait pour la lecture un talent peu ordinaire, peut-être même une sorte de génie. Les mots imprimés avaient sur elle un tel empire qu'à ses yeux, les personnages imaginaires existaient au même titre que les êtres vivants, que ses proches, et les nobles souffrances de Natacha Rostov au chevet du prince André[1] mourant avaient la même authenticité que le chagrin déchirant qu'éprouva sa sœur lorsqu'elle perdit sa petite fille de quatre ans par suite d'une négligence stupide : bavardant avec une voisine, elle n'avait pas vu basculer dans le puits la fillette boulotte et pataude au regard paresseux...

Qu'était-ce au juste ? Une incapacité totale à

1. Natacha Rostov et le prince André sont des personnages de *Guerre et Paix*, de Tolstoï. *(Toutes les notes sont de la traductrice.)*

comprendre l'élément de jeu présent dans tout art, la confiance ahurissante d'une enfant attardée, une absence d'imagination abolissant la frontière entre le fictif et le réel, ou bien, au contraire, la faculté de se laisser si complètement absorber par un monde imaginaire que tout ce qui restait en deçà des limites de cet univers perdait son sens et sa substance ?

Ce goût pour la lecture, qui prenait l'allure d'une forme bénigne d'aliénation mentale, la poursuivait jusque dans son sommeil : même ses rêves, on peut dire qu'elle les lisait. Quand elle rêvait de romans historiques palpitants, elle devinait d'après le déroulement de l'intrigue le style des caractères typographiques et, par une sorte d'instinct bizarre, sentait les alinéas et les points de suspension. Cette confusion intérieure liée à sa passion anormale s'aggravait même pendant son sommeil, elle devenait alors une héroïne ou un héros à part entière et vivait à cheval sur la frontière fragile entre la volonté de l'auteur, qu'elle sentait intuitivement et connaissait intellectuellement, et son propre désir de mouvement, d'aventure, d'action...

La NEP s'essoufflait. Son père, descendant d'une famille de forgerons installée dans une bourgade de Biélorussie, un mécanicien dans l'âme non dénué d'entregent et de sens pratique, avait liquidé son atelier d'horloger et, surmontant une aversion innée pour tout travail à la chaîne, s'était fait embaucher dans une usine de montres; il soulageait son âme rétive en réparant le soir des mécanismes uniques au monde, créés par les mains intelligentes de prédécesseurs issus de tribus diverses.

Sa mère, qui porta toute sa vie une perruque ridicule sous un fichu à pois bien propre, travaillait en cachette sur une machine à coudre Singer, habillant ses voisines de robes d'indienne sans prétention, en harmonie avec cette époque grandiloquente et miséreuse dont toutes les peurs convergeaient pour elle sur le nom redoutable de l'inspecteur des finances.

Quant à Sonietchka, après avoir appris tant bien que mal ses leçons, elle éludait chaque jour et à chaque instant la nécessité de vivre ces pathétiques et glapissantes années trente en menant paître son âme dans les vastes pâturages de la grande littérature russe, plongeant dans les abîmes angoissants du très suspect Dostoïevski pour émerger dans les allées ombreuses de Tourgueniev, ou dans des manoirs de province réchauffés par l'amour généreux et dénué de principes d'un Leskov qualifié on ne sait pourquoi d'écrivain de second ordre.

Elle obtint un diplôme de bibliothécaire, trouva un emploi dans la réserve en sous-sol d'une vieille bibliothèque, et fit dès lors partie du petit nombre des privilégiés qui, à la fin de leur journée de travail, quittent la touffeur de leur sous-sol poussiéreux avec le léger regret d'interrompre un plaisir — elle n'avait pas le temps, en un jour, de se rassasier ni des fiches du catalogue, ni des formulaires blanchâtres venant d'en haut, de la salle de lecture, ni de la pesanteur vivante des volumes échouant dans ses maigres bras.

Pendant des années, elle avait considéré le métier d'écrivain comme un sacerdoce : elle tenait Grégoire Palamas, Pausanias et Pavlov, un auteur mineur, pour des écrivains d'égale valeur, uniquement parce qu'ils figuraient sur la même page de l'encyclopédie. Avec le temps, elle apprit à discerner elle-même, dans le vaste océan des livres, les grandes vagues des petites, et les petites de cette écume côtière qui remplissait presque entièrement les étagères ascétiques du rayon de littérature contemporaine.

Au bout de plusieurs années passées dans la solitude monacale de la réserve, Sonietchka avait cédé aux instances de sa directrice, une possédée de lecture, elle aussi, et décidé d'entrer à l'université, en faculté de lettres. Elle s'était mise à bûcher un programme aussi vaste qu'absurde, et était sur le point de passer les examens, lorsque soudain, tout s'écroula, tout changea du jour au lendemain : la guerre éclata.

Il est probable que ce fut le premier événement, dans toute sa jeune vie, qui l'arracha aux brumes de cet état de lecture ininterrompu dans lequel elle vivait. Avec son père, alors employé dans une fabrique d'outils, elle fut évacuée à Sverdlovsk où, très vite, elle se retrouva dans le seul lieu sûr de la ville — le sous-sol de la biblio-thèque…

Nul ne sait si ce hasard était dû à la tradition, implantée dans notre patrie depuis la nuit des temps, d'entreposer obligatoirement dans des caves glaciales les précieux fruits de l'esprit, comme on le fait pour ceux de la terre, ou bien s'il s'agissait d'un vaccin inoculé à Sonietchka en prévision des dix années à venir, qu'elle allait passer justement en compagnie d'un «homme du sous-sol» destiné à devenir son mari, et qui fit son apparition au beau milieu des ténèbres de cette première année d'évacuation…

Robert Victorovitch se présenta à la biblio-thèque un jour où Sonietchka remplaçait une bibliothécaire malade dans la salle de lecture. C'était un homme petit, grisonnant, à la mai-greur acérée, et il n'aurait pas attiré l'attention de Sonia s'il ne s'était enquis du catalogue des ouvrages en français. Il y avait bien en effet des livres en français, seulement voilà, le catalogue, jamais utilisé, avait été égaré depuis longtemps. En cette heure tardive, juste avant la fermeture, il n'y avait plus personne dans la salle de lecture, et Sonietchka avait conduit ce lecteur insolite au fond de son sous-sol, dans le coin reculé de la lit-térature européenne.

Il était resté un long moment tout étourdi, planté devant la bibliothèque, la tête inclinée sur le côté, avec l'expression affamée et émerveillée d'un enfant face à un plat de gâteaux… Debout derrière lui, Sonietchka, qui le dépassait d'une demi-tête, se sentait elle aussi défaillir, gagnée par son émotion.

Il se tourna vers elle, baisa inopinément ses longs doigts et lui dit d'une voix de basse chatoyante comme la lueur bleuâtre de ces lampes qui veillent sur notre enfance enrhumée :

«Quelle merveille ! Quel luxe ! Montaigne... Pascal... »

Et sans lâcher sa main, il ajouta avec un soupir :

«Et en plus, des éditions Elzévir...

— Nous avons neuf Elzévir ! » répondit fièrement Sonietchka, touchée — elle s'y connaissait fort bien en livres.

Il l'examina d'un air bizarre de bas en haut, mais on eût dit qu'il la regardait de haut en bas, sourit de ses lèvres fines, découvrant une dentition ébréchée, hésita comme s'il s'apprêtait à dire quelque chose d'important puis, changeant d'avis, déclara :

«Pouvez-vous, je vous prie, me délivrer une carte de lecteur, ou je ne sais comment vous appelez cela... »

Sonia dégagea sa main oubliée entre les paumes sèches, et ils gravirent l'escalier dont le froid carnassier grignotait jusqu'à la légère tiédeur de tous les pieds qui l'effleuraient... Ce fut là, dans la salle minuscule de ce vieil hôtel particulier ayant appartenu à un négociant, qu'elle écrivit pour la première fois de sa main ce nom qui lui était parfaitement étranger et qui allait devenir le sien exactement deux semaines plus tard. Et, tandis qu'elle traçait des lettres maladroites avec un crayon qui tournoyait légèrement entre ses gants de laine reprisés, il regardait son front pur et souriait en son for intérieur de son étonnante ressemblance avec un jeune dromadaire, animal patient et tendre. « Même les coloris, songeait-il. La matité triste de la terre de Sienne, la tiédeur du rose... »

Elle cessa d'écrire et remonta du bout de l'index ses lunettes qui tombaient. Elle le regardait sans grand intérêt d'un air bienveillant, attendant la suite : il n'avait pas dicté son adresse.

À vrai dire, il était plongé dans un profond désarroi causé par la certitude, qui s'était abattue sur lui de façon aussi inattendue qu'une averse des hauteurs d'un ciel clair et sans nuage, de se trouver en face de son destin : il avait compris que devant lui se tenait sa femme.

Il avait eu quarante-sept ans la veille. C'était un homme-légende, mais du fait de son départ de France au début des années trente, suivi de son retour subit et, de l'avis de ses amis, injustifiable, dans sa patrie, il avait été amputé de cette légende, qui vivait désormais oralement sa vie dans les galeries mourantes d'un Paris occupé, en compagnie de ses tableaux étranges qui avaient connu le dénigrement, l'oubli, puis la résurrection et la gloire posthume. Mais il ne savait rien de tout cela. Vêtu d'une veste ouatinée toute roussie, une serviette de toilette grise autour de sa pomme d'Adam saillante, lui, un privilégié parmi les malchanceux, qui venait de purger une peine dérisoire de cinq ans et qui travaillait à présent comme artiste peintre à la direction de l'usine, il était là, devant cette jeune fille mal bâtie, et il souriait, comprenant qu'était en train de s'accomplir en lui une de ces multiples trahisons dont son existence à rebondissements était si riche : il avait trahi la foi de ses ancêtres, les espoirs de ses parents et l'amour de son professeur, il avait trahi la science, rompu impitoyablement et brutalement des amitiés dès qu'il avait senti des entraves à sa liberté... Cette fois, il trahissait un serment de célibat, n'entraînant par ailleurs aucun vœu de chasteté, qu'il s'était fait à l'époque d'un succès précoce et trompeur.

Grand amateur et grand consommateur de femmes, il s'était abondamment abreuvé à cette source intarissable, mais avait toujours évité avec soin tout lien de dépendance de peur de servir lui-même de pitance à cet élément féminin paradoxalement si généreux envers ceux qui prennent, et si cruellement destructeur envers ceux qui donnent.

Quant à l'âme imperturbable de Sonietchka, enrobée dans son cocon de milliers de livres lus, bercée par le grondement et la fumée des mythes grecs, par la stridence hypnotique des flûtes moyenâgeuses, l'angoisse venteuse et brumeuse d'Ibsen, la pesanteur détaillée de Balzac, la musique astrale de Dante et le chant de sirène des voix pointues de Rilke et de Novalis, envoûtée par le désespoir moralisateur que les grands écrivains russes pointent vers le cœur même du ciel, l'âme imperturbable de Sonietchka n'avait pas reconnu son destin, elle était uniquement occupée à se demander si elle ne prenait pas un risque en confiant à un lecteur des livres qu'elle n'avait le droit de donner à lire qu'en salle de lecture...

« Votre adresse ? demanda-t-elle d'une voix humble.

— Vous comprenez, je suis ici en mission. J'habite à la direction de l'usine, expliqua l'étrange lecteur.

— Alors montrez-moi votre passeport, votre titre de séjour », demanda Sonietchka.

Il fouilla dans les profondeurs d'une poche et en tira une attestation froissée. Elle la considéra longuement à travers ses lunettes, puis secoua la tête.

« Non, je ne peux pas. Vous n'êtes pas domicilié ici... »

Cybèle tira sa langue rouge, et il crut que tout était fichu. Il fourra son attestation au fond de sa poche.

« Voici ce que nous allons faire, dit Sonia sur un ton d'excuse. Je vais sortir les livres avec ma carte, et vous me les rapporterez avant votre départ. »

Il comprit que tout s'arrangeait.

«Je vous demande seulement d'être très soigneux», fit-elle d'une voix caressante, et elle enveloppa les trois petits livres dans un journal déchiré.

Il remercia sèchement et sortit.

Tandis que Robert Victorovitch songeait avec effroi aux techniques d'approche et aux contraintes de la cour qu'il allait devoir entamer, Sonietchka terminait sans hâte sa longue journée de travail et s'apprêtait à rentrer chez elle. Elle ne s'inquiétait déjà plus du tout des trois précieux livres qu'elle avait remis avec insouciance à un inconnu. Toutes ses pensées étaient tournées vers le trajet de retour à travers la ville froide et sombre.

*

On ne peut pas dire que ce troisième œil propre aux femmes, qui s'ouvre extraordinairement tôt chez les petites filles, fût totalement inexistant chez Sonia, non, il était plutôt recouvert d'une taie.

Dans sa première jeunesse, à l'âge de quatorze ans, se pliant à la très ancienne programmation de son espèce qui, pendant des millénaires, a marié les filles à cet âge tendre, elle était tombée amoureuse d'un de ses condisciples, Vitia Starostine, un joli garçon au nez en trompette. Cet amour s'exprimait exclusivement par un

désir incoercible de le regarder, et ses yeux cher-
cheurs n'avaient pas tardé à attirer l'attention
non seulement du détenteur de la charmante frimousse, mais aussi de tous les autres élèves, qui
avaient découvert cette intéressante attraction
avant même que Sonia en eût pris conscience.

Elle avait bien essayé de se maîtriser et tenté
de trouver une autre cible — le rectangle du
tableau noir, ses cahiers, la fenêtre empoussié-
rée — mais son regard, avec l'obstination d'une
aiguille de compas, revenait de lui-même à cette
nuque châtain clair et s'entêtait à croiser ces
aimants bleus et froids... Même son amie Zoïa,
qui compatissait à son malheur, lui murmurait de
ne pas écarquiller les yeux ainsi. Mais Sonietchka n'y pouvait rien. Ses yeux exigeaient impé-
rieusement la pitance de cette tête châtain.

Toute cette histoire s'était terminée de façon
affreuse et inoubliable. Notre brutal Onéguine[1],
excédé par ce regard enamouré, avait donné
rendez-vous à son adoratrice silencieuse dans
l'allée latérale d'un petit square, et lui avait flan-
qué deux gifles indolores, mais mortellement
humiliantes, sous les gloussements approbateurs
de quatre condisciples tapis dans les buissons,
auxquels on aurait pu reprocher leur dureté de
cœur si ces jeunes espions n'avaient tous péri
sans exception dès le premier hiver de la future
guerre.

1. Héros du poème de Pouchkine, *Eugène Onéguine*.

La leçon infligée par ce chevalier de treize ans avait été si convaincante que la fillette était tombée malade. Une forte fièvre l'avait clouée au lit pendant deux semaines. Manifestement, cette réaction classique l'avait guérie des feux de l'amour. Lorsqu'une fois rétablie, elle était retournée à l'école, s'apprêtant à subir une nouvelle humiliation, son aventure tragi-comique avait été complètement éclipsée par le suicide de la plus jolie fille de l'école, Nina Borissova, qui s'était pendue dans la classe après les cours du soir.

Quant à Vitia Starostine, l'amant au cœur de pierre, il avait déménagé entre-temps avec ses parents dans une autre ville, à la grande joie de Sonia ; elle en avait gardé l'amère conviction d'avoir totalement et définitivement épuisé son destin de femme, ce qui la délivra à tout jamais du besoin de plaire, de séduire et d'ensorceler. Nullement tourmentée par les affres de l'envie ou de la rancœur devant les succès de ses congénères, elle était retournée à la griserie de son ardente passion — la lecture.

… Robert Victorovitch revint deux jours plus tard, alors que Sonietchka ne travaillait plus dans la salle de lecture. Il la demanda. Elle arriva du sous-sol, émergeant par à-coups de son trou sombre, mit longtemps à le reconnaître de ses yeux myopes, puis le salua d'un signe de tête, comme une vieille connaissance.

« Asseyez-vous, je vous en prie. »

Il lui avança une chaise.

Il y avait dans la petite salle plusieurs lecteurs chaudement vêtus. Il faisait froid, on chauffait à peine.

Sonietchka s'assit au bord de la chaise. Une chapka à oreillettes en tissu effiloché était posée sur un coin de la table à côté d'un rouleau que l'homme dépaquetait sans se presser et avec beaucoup de soin.

« J'ai oublié de vous demander tantôt », dit-il de sa voix lumineuse — et Sonietchka sourit à ce mot savoureux de « tantôt », depuis longtemps hors d'usage dans la conversation courante — « j'ai oublié de vous demander votre nom. Vous me pardonnez ?

— Sonia, répondit-elle, laconique, en le regardant défaire le paquet.

— Sonietchka… Bon », dit-il, comme s'il donnait son assentiment.

Le paquet était enfin décortiqué, et Sonia vit un portrait de femme peint sur un papier poreux et fibreux, dans de tendres tonalités de brun et de sépia. Le portrait était magnifique, le visage de la femme noble et délicat, un visage d'une autre époque. Son visage à elle, Sonietchka. Elle inspira un peu d'air — une odeur de mer et de froid.

« C'est mon cadeau de mariage, dit-il. En fait, je suis venu vous demander votre main. »

Et il leva les yeux, attendant sa réponse.

Alors pour la première fois, Sonia le regarda

vraiment : des sourcils droits, un nez légèrement busqué, une bouche austère aux lèvres plates, de profondes rides verticales le long des joues, et des yeux délavés, intelligents et tristes...

Les lèvres de Sonia frémirent. Elle se taisait, les yeux baissés. Elle mourait d'envie de regarder encore une fois ce visage si expressif et si attirant, mais le spectre de Vitia Starostine se profila derrière elle et, fixant les lignes légères et sinueuses du dessin qui avait soudain cessé de représenter un visage de femme, et à plus forte raison le sien, elle dit d'une voix à peine audible, mais froide et distante :

« C'est une plaisanterie ? »

Là, il prit peur. Il y avait longtemps qu'il ne bâtissait plus de projets. Le destin l'avait conduit dans des lieux si sinistres, dans l'antichambre de l'enfer, sa volonté animale de survivre était presque à bout, et les crépuscules de l'existence d'ici-bas ne lui semblaient plus si attirants, or, voilà qu'il se trouvait devant une femme éclairée de l'intérieur par une réelle lumière, il pressentait en elle une épouse qui abriterait entre ses mains fragiles sa vie exténuée recroquevillée contre terre, il voyait aussi qu'elle serait un doux fardeau pour ses épaules qui n'avaient jamais supporté de famille, pour sa virilité frileuse qui avait fui les charges de la paternité et les contraintes du mariage... Mais comment avait-il pu penser... Comment ne lui était-il pas venu à l'idée... Elle appartenait peut-être à un autre, à

23

un jeune lieutenant ou à un ingénieur en chandail rapiécé ?

Cybèle le défia de nouveau de sa langue rouge et pointue, et son cortège somptueux de femmes obscènes, affreuses, mais qu'il connaissait toutes à merveille, se tortilla dans des lueurs écarlates.

Il eut un rire rauque et contraint, approcha d'elle le papier et dit :

« Je ne plaisantais pas. Simplement, je n'avais pas songé que vous pouviez être mariée. »

Il se leva et saisit son indescriptible chapka.

« Pardonnez-moi. »

Il fit un salut militaire à l'ancienne, inclinant sa tête rasée d'un coup sec, et se dirigea vers la sortie. Alors Sonietchka s'écria :

« Attendez ! Non, non ! Je ne suis pas mariée. »

Un vieil homme assis à une table devant une collection de journaux lui lança un coup d'œil réprobateur. Robert Victorovitch se retourna, un sourire se dessina sur ses lèvres régulières, et le désarroi qui s'était emparé de lui lorsqu'il avait cru voir cette femme lui échapper se mua en une confusion plus grande encore : il n'avait pas la moindre idée de ce qu'il devait dire et faire à présent.

*

Au milieu de la désolation de la vie en évacuation, au milieu de cette misère, de cette détresse, et de la frénésie des slogans dissimulant à peine l'horreur sous-jacente au premier hiver de la guerre, on se demande où Robert Victorovitch, à bout de forces, et Sonietchka, fragile de nature, trouvèrent l'énergie de bâtir une vie nouvelle, recluse et solitaire comme une tour swanne, et qui pourtant mêlait leurs passés désunis sans y opérer la moindre coupure : la vie de Robert Victorovitch, brisée comme le vol d'un papillon de nuit aveuglé, avec ses revirements foudroyants et joyeux du judaïsme aux mathématiques, pour finir par ce qu'il y avait de plus important pour lui — un barbouillage inepte et fascinant, comme il définissait lui-même son métier — et la vie de Sonietchka, nourrie des inventions livresques d'autrui, mensongères et captivantes.

Sonietchka appliquait à présent à leur vie commune une sorte d'inexpérience inspirée et sacrée, et manifestait une sensibilité illimitée à tout ce que déversait en elle de grand, de sublime, d'un peu incompréhensible un Robert Victorovitch qui ne cessait de s'émerveiller en constatant à quel point son passé lui revenait régénéré et doté d'un sens nouveau à la suite de leurs longues conversations nocturnes. À l'instar du contact avec la pierre philosophale, ces nuits passées à bavarder avec sa femme enclenchaient un mécanisme magique de purification du passé...

Sur ses cinq années de camp, disait-il, les plus dures avaient été les deux premières, ensuite, les choses s'étaient arrangées, il s'était mis à faire les portraits des épouses des directeurs, à exécuter sur commande des copies de copies... Les originaux étaient de pitoyables illustrations d'un art dégénéré et Robert, en les peignant, se distrayait généralement grâce à des astuces techniques, il travaillait de la main gauche, par exemple. Chemin faisant, il avait fait des découvertes sur les changements que l'utilisation de la main gauche entraîne dans la perception des couleurs...

Par nature, Robert Victorovitch avait un tempérament d'ascète, il avait toujours su se débrouiller avec le strict minimum, mais, privé pendant de nombreuses années de ce qu'il estimait lui-même indispensable — du dentifrice, une bonne lame de rasoir et de l'eau chaude pour se raser, un mouchoir et du papier-toilette —, il se réjouissait à présent du moindre rien, de chaque nouvelle journée illuminée par la présence de sa femme Sonia, de la relative liberté de celui qui, libéré par miracle des camps, n'a pour toute contrainte que de se présenter une fois par semaine à la police locale...

Ils vivaient mieux que bien d'autres. On avait mis à la disposition du peintre, dans le sous-sol de la direction de l'usine, une pièce sans fenêtre à côté de la chaudière. Il faisait chaud. Il n'y avait presque jamais de coupure d'électricité. Le chauffagiste leur cuisait les pommes de terre qu'apportait le père de Sonia, qui se procurait des suppléments de nourriture grâce à son savoir-faire sans défaillance.

Un jour, Sonia avait déclaré d'un air rêveur, avec une pointe d'emphase d'ailleurs étrangère à sa nature :

« Quand nous aurons remporté la victoire, quand la guerre sera finie, comme nous serons heureux… »

Son mari l'avait interrompue d'un ton sec et sarcastique :

« Ne te monte pas la tête. Nous sommes très heureux maintenant. Quant à la victoire… Toi et moi, nous serons toujours perdants, quel que soit le monstre qui gagne la guerre… » Et l'air sombre, il avait conclu sur une phrase étrange : « "De mon maître, j'ai appris à n'être ni vert, ni bleu, ni 'parmulaire', ni 'scutaire'[1]." »

— De quoi parles-tu ? demanda Sonia, inquiète.

— Ce n'est pas de moi. C'est de Marc Aurèle. Bleu et vert, ce sont les couleurs des équipes sur l'hippodrome. Je veux dire par là que je ne me suis jamais soucié de savoir quel cheval arriverait le premier. Pour nous, cela n'a pas d'importance. Dans tous les cas, l'homme, sa vie personnelle sont voués à disparaître. Dors, Sonia. »

Il s'enroula une serviette autour de la tête — il avait pris cette habitude bizarre au camp —

1. *Parmularius* : partisan des gladiateurs armés d'une parure, petit bouclier rond. *Scutarius* : soldat armé d'un bouclier long.

et s'endormit sur-le-champ. Mais Sonietchka resta longtemps éveillée dans le noir, tourmentée par ces sous-entendus, et écartant un soupçon encore plus terrible que les sousentendus : son mari possédait un savoir si dangereux qu'il valait mieux ne pas s'en approcher. Aussi détourna-t-elle le cours de ses pensées inquiètes vers des heurts légers et sourds au bas de son ventre, essayant de se représenter des petits doigts longs comme des bouts d'allumette palpant le mur moelleux de leur premier abri dans des ténèbres pareilles à celles qui l'enveloppaient elle-même en ce moment, et elle sourit.

Le don qu'avait Sonietchka de donner couleur et vie à l'univers des livres s'estompa, s'engourdit, et il s'avéra soudain que l'incident le plus insignifiant se produisant de ce côté-ci des pages d'un livre — la capture d'une souris dans un piège rudimentaire, la floraison, dans un verre, d'une branche sclérosée et morte, une poignée de thé de Chine que Robert avait réussi à se procurer par hasard — était plus important, plus essentiel que le premier amour ou la mort de quelqu'un d'autre, et même que la descente aux enfers, ce point extrême de la littérature où se rejoignaient les goûts des deux époux.

Dès la deuxième semaine de ce mariage précipité, Sonia avait fait sur son mari une découverte épouvantable : il n'appréciait pas du tout la littérature russe, il la trouvait nue, tendancieuse et insupportablement moralisatrice. Il ne faisait qu'une exception, bien à contrecœur : Pouchkine… Ils s'étaient lancés dans une discussion au cours de laquelle Robert Victorovitch avait opposé à l'ardeur de Sonietchka une argumentation rigoureuse et froide qu'elle n'avait pas toujours réussi à suivre, et cette conférence intime s'était terminée dans des larmes amères et de douces étreintes.

Au petit matin, l'obstiné Robert, qui avait toujours le dernier mot, trouva moyen de dire encore à sa femme assoupie :

« C'est un vrai fléau ! Tous ces grands pontes, de Gamaliel à Marx… Quant à vos génies… Gorki n'est qu'une baudruche, Ehrenbourg tremble de peur… Même Apollinaire, c'est du vent… »

Au nom d'Apollinaire, Sonia sursauta.

« Apollinaire aussi, tu l'as connu ?

— Oui, répondit-il sans enthousiasme. Pendant la première guerre… Nous avons vécu deux mois sous le même toit. Ensuite, j'ai été envoyé en Belgique, près de la ville d'Ypres. Tu connais ?

— Oui, l'ypérite, je me souviens, murmura Sonia, émerveillée par l'inépuisable richesse de sa biographie.

— Tant mieux… Justement, j'y étais pendant l'attaque aux gaz. Mais je me trouvais sur la colline, au vent, c'est pour cela que je n'ai pas été

empoisonné. Tu sais bien que je suis un vei-
nard… J'ai de la chance…»

Et pour se convaincre une fois de plus de cette
chance exceptionnelle, élitiste, il avait glissé son
bras sous les épaules de Sonia.

Jamais plus ils n'avaient reparlé de littérature
russe.

*

Un mois avant la naissance de l'enfant, la mission indéfinie de Robert Victorovitch, qu'il avait
prolongée au maximum, arriva à son terme, et il
reçut l'ordre de retourner au plus vite dans le village bachkir de Davlekanovo, où il devait purger sa peine de relégation, dans l'espoir d'un
avenir que Sonietchka continuait à imaginer
magnifique, et sur lequel Robert Victorovitch
nourrissait de sérieux doutes.

Le père de Sonia et sa mère, gravement
atteinte aux poumons, avaient bien tenté de la
convaincre de rester en ville au moins jusqu'à
l'accouchement, mais Sonia avait fermement
décidé de partir avec son mari, d'ailleurs Robert
Victorovitch ne voulait pas se séparer de sa
femme. C'est du reste à ce propos que se profila
la seule ombre qui se glissa jamais dans les relations entre le vieil horloger et son gendre. Le
vieillard, qui avait perdu à l'époque son fils et le
mari de sa fille aînée, s'était découvert avec
Robert Victorovitch de profondes affinités qui

se passaient de discours. Non que la différence de niveau social, dans un monde où toutes les valeurs avaient été inversées, s'avérât désormais dénuée d'importance, mais elle avait mis en lumière le caractère fictif des privilèges de l'intellectuel face au prolétaire. Quant au reste... La partie immergée de l'iceberg culturel était la même pour les deux.

La famille passa vingt-quatre heures à préparer le départ de Sonia — le temps imparti à Robert pour régler toutes ses affaires. Sa mère, versant des larmes aigrelettes, ourlait à la hâte des couches et, armée d'une fine aiguille précieuse, cousait tendrement des brassières taillées dans ses vieilles chemises. La sœur aînée de Sonia, qui venait de perdre son mari au front, tricotait de petits chaussons de laine rouge en regardant droit devant elle de ses yeux fixes. Son père s'était procuré un poud[1] de millet qu'il avait réparti dans plusieurs petits sacs et il ne cessait de regarder d'un air incrédule Sonia qui, bien qu'au neuvième mois de sa grossesse, avait tant maigri ces derniers temps qu'elle n'avait même pas déplacé les boutons de sa jupe, et son état se devinait moins aux changements de sa silhouette qu'aux bouffissures de son visage et à l'enflure de ses lèvres.

« Ce sera une fille, disait tout bas sa mère. Les filles sucent toujours la beauté de leur mère... »

1. Ancienne mesure russe, environ 16,3 kg.

La sœur hochait la tête avec indifférence tandis que Sonietchka souriait, confuse, et se répétait en son for intérieur : « Seigneur, si possible, faites que ce soit une fille... Et si possible, une petite blonde... »

*

Un cheminot qu'ils connaissaient les fit monter en pleine nuit dans un petit convoi de trois wagons stationné à un kilomètre et demi de la gare, dans une voiture qui conservait pour tout vestige de ses nobles origines d'épaisses cloisons de bois. Quant aux banquettes moelleuses et aux tables pliantes, elles avaient été arrachées depuis longtemps, et le luxe des Pullman remplacé par des bancs en planches.

Ils mirent plus d'un jour et demi pour faire le trajet de Sverdlovsk à Oufa· dans un wagon bourré à craquer et, pendant tout le voyage, Robert se remémora, Dieu sait pourquoi, une folle virée de jeunesse à Barcelone où, en 1923 ou 1924, ayant gagné pour la première fois une grosse somme d'argent, il s'était précipité pour connaître Gaudí.

Sonietchka dormit d'un sommeil confiant pendant presque tout le trajet, les pieds calés contre un ballot de couvertures moelleux et l'épaule appuyée sur la maigre poitrine de son mari, tandis qu'il songeait à la rue tortueuse et pentue dans laquelle se trouvait son hôtel, à la petite fontaine ronde et naïve sous ses fenêtres, au teint mat et aux narines ciselées de la prostituée extraordinairement belle avec laquelle il avait fait une noce effrénée pendant cette semaine à Barcelone. Il fouillait dans sa mémoire et y trouvait aisément de menus détails très nets : la tête de hibou du serveur du restaurant de l'hôtel, les superbes chaussures en lanières de veau tressées qu'il s'était achetées dans un magasin surmonté d'une énorme enseigne bleue, «Homère», il se souvenait même du prénom de cette fille de Barcelone — Concitta… C'était une Italienne, une émigrée, originaire des Abruzzes… Gaudí ne lui avait pas plu du tout… Aujourd'hui, un quart de siècle plus tard, il voyait encore avec précision les détails de ces étranges installations, tout à fait végétales, complètement artificielles et invraisemblables…

Sonietchka éternua, sortit à demi de son sommeil et marmonna quelque chose. Il serra contre lui son bras endormi, revint dans les faubourgs d'Oufa, au fond de cette Bachkirie sauvage, et sourit en hochant sa tête blanche, perplexe. «Est-ce bien moi qui suis allé là-bas ? Est-ce moi qui suis ici maintenant ? Non, décidément, la réalité n'existe pas… »

*

La maternité dans laquelle Robert Victorovitch amena Sonietchka au terme de sa grossesse, dès les premiers signes annonciateurs de la naissance, se trouvait à la périphérie d'un gros bourg plat, dans un terrain vague sans arbre. Le bâtiment était en briques d'argile mêlée de paille, sordide, avec des petites fenêtres sales.

L'unique médecin était un blond d'un certain âge à la peau fine et blanche qui rougissait à tout bout de champ, *pan*[1] Jouvalski, un réfugié polonais, encore tout récemment docteur très en vogue à Varsovie, un homme du monde et un amateur de bons vins. Il accueillait les visiteurs en leur tournant le dos, revêtu de l'éclatante blancheur bleuâtre, incongrue mais rassurante, de sa blouse, se mordillait le bout des moustaches et essuyait ses grosses lunettes avec une peau de chamois. Il s'approchait de la fenêtre plusieurs fois par jour et contemplait la terre informe parsemée de flocons d'herbe sale, au lieu de l'harmonieuse allée de Jérusalem sur laquelle donnaient les fenêtres de sa clinique de Varsovie, puis tamponnait ses yeux larmoyants avec un mouchoir anglais à carreaux rouges et verts, le seul qui lui restât…

Il venait d'examiner une Bachkire d'âge mûr qui avait parcouru quarante verstes à cheval, et de crier à l'infirmière : « Lavez donc Madame ! », et il était là, réprimant un involontaire frisson d'humiliation, à songer avec nostalgie à ses patientes satinées, à l'odeur laiteuse et sucrée de

---

1. *Pan* : « monsieur », en polonais.

leurs parties génitales soignées qui valaient si cher.

Il se retourna en sentant une présence derrière lui et découvrit, assise sur le banc, une jeune femme assez forte vêtue d'un manteau clair élimé, et un homme grisonnant au visage incisif, portant un veston rapiécé.

«J'ai pris la liberté de vous déranger, docteur...» commença l'inconnu, et *pan* Jouvalski, devinant dès les premiers sons de sa voix que cet homme appartenait à sa propre caste, celle de l'intelligentsia européenne bafouée, se dirigea vers lui avec un sourire de reconnaissance.

«Je vous en prie... S'il vous plaît! Vous êtes avec votre épouse?» demanda-t-il d'un ton légèrement interrogateur, ayant remarqué la grande différence d'âge qui laissait présumer d'autres liens entre ces deux êtres apparemment mal assortis. Il montra le rideau derrière lequel on lui avait aménagé un petit cabinet.

Un quart d'heure plus tard, il examina de nouveau Sonietchka, confirma l'imminence de la naissance, mais leur demanda de patienter encore jusqu'à dix heures, si tout se passait normalement et dans les temps.

On allongea Sonia sur un lit couvert d'une toile cirée froide et raide, *pan* Jouvalski lui tapota le ventre à la façon d'un vétérinaire, puis alla retrouver la Bachkire qui, en fait, avait donné naissance trois jours plus tôt à un enfant mort-né, tout s'était bien passé, mais voilà, maintenant, cela n'allait plus du tout.

Deux heures et demie plus tard, ses joues impeccablement rasées tout humides de grosses larmes, le docteur sortit sur le perron où Robert Victorovitch, qui ne s'était pas éloigné, attendait d'un air sombre, et il lui murmura à l'oreille d'une voix puissante et tragique :

« Il faudrait me fusiller. Je n'ai pas le droit d'opérer dans des conditions pareilles. Je n'ai rien, littéralement rien. Mais je ne peux pas non plus ne pas opérer. Elle va mourir de septicémie d'ici vingt-quatre heures.

— Qu'est-ce qu'elle a ? demanda Robert, la bouche sèche, imaginant Sonietchka à l'agonie.

— Ah, mon Dieu ! Excusez-moi ! Tout se passe très bien pour votre femme, les contractions suivent leur cours, je parlais de cette pauvre Bachkire… »

Robert grinça des dents et jura à part lui : il ne supportait pas les hommes émotifs qui ne peuvent s'empêcher d'exprimer leurs sentiments. Il se mordit les lèvres et détourna les yeux…

La petite fille de deux kilos que Sonia mit au monde durant le quart d'heure que *pan* Jouvalski passa à bavarder sur le perron était toute blonde, avec un petit visage étroit, exactement telle que Sonia l'avait rêvée.

*

36

L'existence de Sonia changea si totalement, si profondément qu'on eût dit que sa vie d'avant avait renversé son cours, emportant avec elle tout ce monde des livres qu'elle avait tant aimé, pour laisser à la place les inimaginables fardeaux d'une existence précaire, de la misère, du froid et des soucis quotidiens pour la petite Tania et pour Robert, qui tombaient malades à tour de rôle.

La famille n'aurait pu s'en sortir sans l'aide régulière du père de Sonia, qui trouvait moyen de se procurer ce qui leur était indispensable et de le leur envoyer. À toutes les tentatives de ses parents pour la convaincre de déménager à Sverdlovsk avec son enfant durant cette période particulièrement difficile, Sonia opposait une seule et unique réponse : Robert et moi nous devons rester ensemble.

À un été pluvieux pareil à un interminable automne avait succédé sans transition un hiver rigoureux. Dans leur petite maison branlante en torchis humide, ils se souvenaient du sous-sol de la direction de l'usine comme d'un paradis tropical.

La préoccupation principale était le chauffage. L'école de conducteurs de moissonneuses-batteuses dans laquelle Robert Victorovitch travaillait comme comptable lui prêtait parfois un cheval et, dès l'automne, il partait souvent dans la steppe couper de hautes herbes sèches pareilles à des joncs, dont il ne sut jamais le nom. Une carriole remplie à ras bords permettait de se chauffer deux jours, il le savait par expérience, ayant passé un hiver dans le village avant son départ pour Sverdlovsk.

Il tassait les herbes en briquettes dont il remplissait le hangar à bois. Il démonta une partie du plancher qu'il avait lui-même installé jadis sans songer à la nécessité d'un cellier pour les pommes de terre. Il creusa une cave qu'il asséchait et étaya avec des planches volées. Il construisit des cabinets et son voisin, le vieux Raguimov, hochait la tête en rigolant : dans ces contrées, une planche en bois percée d'une lunette était considérée comme un luxe inutile, cela faisait des millénaires que l'on se contentait de ces lieux peu distants qu'on appelait « les feuillées ».

Robert Victorovitch était endurant, musclé, et la fatigue physique était une consolation pour son âme en proie à une violente répugnance pour ces calculs absurdes sur des chiffres falsifiés, pour la rédaction d'attestations mensongères et de certificats fictifs défalquant le combustible détourné, les pièces détachées volées et les légumes vendus sur le marché local, provenant du potager de l'usine géré par un jardinier roublard, un Ukrainien jovial et sans vergogne mutilé du bras droit.

Mais chaque soir, en ouvrant la porte de sa maison, à la lueur vive et dansante de la lampe à pétrole, dans un halo de scintillements, il voyait Sonia, assise sur l'unique chaise qu'il avait transformée en fauteuil et, comme collée à la pointe effilée de son sein en forme de coussinet, grisâtre et légèrement feutrée comme une balle de tennis, la tête de son enfant. Tout cela dodelinait et palpitait dans une quiétude extrême : les ondes de la lumière diffuse, celles du lait tiède et invisible, et encore d'autres courants imperceptibles le faisaient défaillir et oublier de fermer la porte. « La porte ! » murmurait Sonia d'une voix traînante, accueillant son mari par un sourire de tout son être et, posant sa fille en travers de l'unique lit, elle tirait de dessous l'oreiller une casserole qu'elle posait au milieu de la table vide. Les jours fastes, c'était une soupe consistante à la viande de cheval, des pommes de terre du potager de l'usine, ou du millet envoyé par son père.

Sonietchka était réveillée à l'aube par un menu frémissement de la fillette, et elle la serrait contre son ventre tout en s'assurant de la présence de son mari, de son dos ensommeillé. Sans même ouvrir les yeux, elle déboutonnait sa chemise, en sortait son sein durci, pressait à deux reprises son mamelon, et deux longs jets giclaient sur un chiffon bariolé avec lequel elle s'essuyait la poitrine. La petite fille se mettait à remuer, avançait les lèvres en tétant, et mordait au mamelon comme un petit poisson à un gros hameçon. Sonia avait beaucoup de lait, il coulait

facilement et la tétée, accompagnée de pince-
ments, de tiraillements et de la morsure légère
de ces gencives sans dents, lui procurait une
volupté que percevait mystérieusement son
mari, qui s'éveillait infailliblement à cette heure
matinale. Il enlaçait le large dos de Sonia, le serrant jalousement contre lui, et elle défaillait sous
le double poids de ce bonheur insoutenable. Elle
souriait aux premières lueurs de l'aube, et son
corps prenait plaisir à assouvir en silence la faim
de ces deux êtres chers et indissociables d'elle-
même.

Cette impression matinale illuminait sa journée, toutes les tâches s'accomplissaient pour
ainsi dire d'elles-mêmes, avec aisance et dexté-
rité, et chaque jour que Dieu faisait se gravait
dans sa mémoire avec ce qu'il avait d'unique,
sans se fondre dans les autres : l'un avec sa pluie
paresseuse de midi, un autre avec le gros oiseau
aux pattes torses, couleur de fer rouillé, qui
s'était posé sur la clôture, et celui où elle avait
remarqué la nervure d'une première dent de lait
précoce sur la gencive enflée de sa fille. Toute
sa vie, Sonia se souviendrait — à quoi sert donc
ce travail minutieux et absurde de la mémoire ? — du dessin de chaque journée, avec ses
odeurs, ses nuances, et, surtout, le poids immense de chaque mot prononcé par son mari
dans toutes les situations de la vie courante.

Bien des années plus tard, Robert Victorovitch s'étonnerait plus d'une fois de la mémoire

exhaustive de sa femme qui engrangeait dans un fonds secret une foule de dates, d'heures, de détails. Même les nombreux jouets qu'il fabriquait au fur et à mesure que sa fille grandissait avec une joie créatrice oubliée depuis longtemps, Sonietchka garderait de chacun d'eux un souvenir précis. Plus tard, elle emporterait à Moscou toutes sortes de menus objets — des animaux en bois sculpté, des oiseaux volants en bouts de ficelle, des poupées aux visages inquiétants — mais jamais elle n'oublierait non plus ceux qu'ils avaient laissés aux enfants et aux petits-enfants de Raguimov, volée de moineaux maigrichons et inséparables : le château fort amovible pour poupée-roi, avec sa tour gothique et son pont-levis, le cirque romain peuplé d'esclaves et d'animaux minuscules en bouts d'allumette, et un engin assez volumineux muni d'une poignée et d'une multitude de planchettes colorées qui bougeaient et craquaient, produisant une drôle de musique barbare...

Ces fantaisies outrepassaient de beaucoup les possibilités ludiques d'une enfant. La fillette, pourtant dotée d'une grande mémoire et qui, comme sa mère, conserva une foule de souvenirs de cette époque, n'en garda aucun de ces jouets, peut-être parce qu'une fois à Alexandrov, où la famille, quittant l'Oural, s'installa en 1946, Robert lui construisit des cités fantastiques en copeaux et en papier colorié, somptueuses prémices de ce que l'on appela par la suite l'architecture en papier. Ces jouets fragiles disparurent lors des multiples déménagements de la famille à la fin des années quarante et au début des années cinquante.

Si, durant la première partie de sa vie, Robert Victorovitch avait accompli une série de bonds géographiques démesurés et farfelus, de Russie en France, puis en Amérique, dans les Balkans, en Algérie et de nouveau en France pour finalement revenir en Russie, la seconde partie de sa vie, jalonnée par le camp et la relégation, fut ponctuée de petits sauts de puce : Alexandrov, Kalinine, Pouchkino, Lianozovo. C'est ainsi qu'il mit dix années entières à se rapprocher de Moscou, qui n'avait à ses yeux rien d'Athènes ni de Jérusalem.

Les premières années de l'après-guerre, la famille vécut grâce au travail de Sonietchka, qui avait hérité de la machine à coudre de sa mère et de son candide toupet d'autodidacte, capable de vous accrocher une manche au trou béant d'une emmanchure. Les clientes n'étaient guère exigeantes, la couturière consciencieuse et sans prétention.

Robert Victorovitch trouvait des emplois pour semi-invalides, comme gardien d'école ou comptable dans une coopérative qui produisait de monstrueux crampons en fer destinés à un usage inconnu. Ayant goûté à Paris au pain de la liberté, il ne pouvait envisager une seconde de pratiquer sa profession au service d'un État ennuyeux et sinistre, quand bien même il eût été capable de se résigner à sa férocité obtuse et à ses mensonges éhontés.

Son imagination créatrice s'exerçait sur des planchettes d'un blanc neigeux, et il équipa une troisième génération de ces constructions en papier et en copeaux qui jadis avaient distrait sa fille. Chemin faisant, il révéla un talent particulier pour visualiser les surfaces géométriques, un sens très juste des relations entre espace et matière, et l'on ne pouvait détacher les yeux des étonnantes figures qu'il découpait d'un seul tenant dans une grande feuille, pour ensuite les froisser ici et là, les plier et les retourner, formant ainsi des objets qui n'avaient pas de nom et n'avaient jamais existé dans la nature. Ce jeu, inventé un jour pour sa fille, devint son jeu à lui.

La confiance toute féminine que Sonia lui vouait était sans bornes. Elle avait accepté son talent une fois pour toutes, comme on adopte une foi, et considérait avec une pieuse admiration tout ce qui sortait de ses mains. Elle ne comprenait rien à ces problèmes complexes liés à l'espace, et encore moins aux élégantes solutions qu'il leur trouvait, mais elle sentait intuitivement dans ces jouets étranges le reflet de sa personnalité, le travail des forces secrètes qui l'habitaient, et elle se répétait avec ravissement son refrain le plus cher : « Seigneur, Seigneur, qu'ai-je donc fait pour mériter un tel bonheur... »

Quant à la peinture, Robert Victorovitch

l'avait pour ainsi dire abandonnée. Les jeux auxquels il s'était adonné avec Tania avaient donné naissance à une nouvelle forme d'art. Comme toujours, cela s'était fait sous les auspices du hasard : à Alexandrov, dans un train de banlieue, il était tombé sur Timler, un peintre célèbre qu'il avait connu à Paris et qui était resté en contact avec lui après son retour à Moscou, jusqu'à son arrestation. Cet artiste à la réputation de formaliste — qui nous expliquera un jour ce que la médiocrité ambiante officielle entendait par ce terme ? — s'était réfugié à l'époque dans le théâtre. Il avait rendu visite à Robert, était resté une heure et demie dans la remise, devant plusieurs compositions couvertes de chiffres arabes et de lettres hébraïques et, tout en appréciant leur valeur, ce fils d'un menuisier de village, qui avait fait deux ans d'études dans un *kheder* [1], n'avait pas osé demander à l'auteur la signification de ces étranges séries de signes ; quant à Robert, il ne lui vint même pas à l'idée de s'abaisser à expliquer le lien, évident à ses yeux, entre l'alphabet cabalistique, maigre vestige d'une passion de jeunesse pour le judaïsme, et ces jeux audacieux sur la dissection et la distorsion de l'espace.

Timler avait longuement siroté son thé en silence, et avait dit d'un air renfrogné avant de partir :

---

1. École religieuse qui prépare les enfants juifs à la *barmitsva*.

« C'est très humide, ici, Robert, vous pouvez transporter vos œuvres dans mon atelier. »

Cette proposition extrêmement généreuse équivalait à une reconnaissance incondition-nelle, mais Robert Victorovitch n'en profita pas. Ces objets non répertoriés appelés à une exis-tence fortuite étaient donc retournés au néant et, moisissant dans les hangars successifs, n'avaient pas survécu aux multiples déménagements.

C'est dans cette même remise que l'illustre Timler avait commandé à Robert sa première maquette de théâtre. Au bout de quelque temps, ses maquettes étaient devenues célèbres dans le monde théâtral moscovite, et les commandes s'étaient succédé sans discontinuer. Sur une scène de cinquante centimètres, il créait l'asile de nuit de Gorki, le cabinet en déshérence d'un défunt, ou les immortelles boutiques de grains d'Ostrovski[1].

*

L'étrange petite Tania déambulait parmi les hangars à bois, les colombiers et les balançoires grinçantes. Elle aimait porter les vieilles robes de sa mère. Grande et maigre, elle se noyait dans les amples tuniques de Sonietchka qu'elle serrait à la taille d'un foulard en cachemire délavé. Son

---

1. Dramaturge du XIXᵉ siècle dont beaucoup de pièces se déroulent dans le milieu des petits commerçants.

visage étroit, pareil à une graine mûre de pissenlit dont l'aigrette n'aurait pas encore été soufflée, s'encadrait de cheveux drus rétifs au peigne et impossibles à tresser. Elle allait et venait dans cet air dense, chargé d'odeurs de vieux fûts et de meubles de jardin moisis, alourdi par ces ombres épaisses, trop épaisses, qui enrobent les objets délabrés et inutiles, et soudain, comme un caméléon, se fondait en elles. Elle sombrait dans de longues torpeurs et tressaillait quand on l'appelait. Sonietchka se faisait du souci, elle se plaignait auprès de son mari de l'émotivité de leur fille et de son étrange langueur. Il lui posait la main sur l'épaule et disait : « Laisse-la. Tu ne tiens pas à ce qu'elle marche au pas, non ? »

Sonietchka essayait de lui donner le goût de la lecture mais Tania, devant la virtuosité livresque de sa mère, figeait son regard et s'échappait dans des contrées dont Sonia ne soupçonnait même pas l'existence.

Pendant ses années de mariage, la jeune fille irréaliste qu'avait été Sonietchka s'était métamorphosée en une femme d'intérieur assez pratique. Elle désirait passionnément avoir une maison normale avec l'eau courante dans la cuisine, une chambre pour sa fille et un atelier pour son mari, avec des boulettes de viande hachée, de la compote de fruits et des draps blancs empesés qui ne soient pas confectionnés de trois bouts de tissu de taille différente. Au nom de ce but grandiose, Sonia avait pris un second travail, elle cousait la nuit à la machine, économisant de l'argent à l'insu de son mari. De plus, elle rêvait de prendre chez elle son père à présent veuf, qui était devenu presque aveugle et très faible.

À force de faire des allées et venues dans des autobus et des trains déglingués, elle vieillissait vite et enlaidissait. Le tendre duvet de sa lèvre supérieure était devenu un taillis dru et sans sexe, ses paupières s'affaissaient, ce qui lui donnait une expression de chien battu, et ni le repos du dimanche ni deux semaines de vacances ne parvenaient plus à effacer les cernes de fatigue sous ses yeux.

Mais l'amertume de vieillir n'empoisonnait nullement la vie de Sonietchka, comme c'est le cas pour les femmes fières de leur beauté. L'immuable différence d'âge avec son mari ancrait en elle l'impression de jouir d'une jeunesse inaltérable, impression que confirmait l'inextinguible jalousie de Robert Victorovitch. Et chaque matin était peint aux couleurs de ce bonheur de femme immérité et si violent qu'elle n'arrivait pas à s'y accoutumer. Au fond de son âme, elle s'attendait secrètement à tout instant à perdre ce bonheur, comme une aubaine qui lui serait échue par erreur, à la suite d'une négligence. La mignonne Tania lui semblait elle aussi un cadeau du hasard, ce que le gynécologue lui confirma d'ailleurs un jour : elle avait ce que l'on appelle un utérus atrophié, non développé, incapable d'enfanter, et jamais plus elle ne tomba enceinte après la petite Tania, ce qui l'affligeait au point de la faire pleurer. Il lui semblait qu'elle n'était pas digne de l'amour de son mari, puisqu'elle ne pouvait lui donner d'autres enfants.

*

Au début des années cinquante, grâce aux énormes efforts de Sonia et grâce à ses démarches, à la suite d'un échange qui était un semi-achat, la famille emménagea dans le quart d'une maison en bois à un étage, l'une des rares constructions existant encore à l'époque dans le parc Pétrovski presque anéanti, près du métro Dynamo. C'était une maison merveilleuse — l'ancienne villa d'un avocat célèbre avant la révolution. Un quart du jardin attenant à la maison était alloué à l'appartement.

Tout se réalisait. Tania avait sa chambre à elle, une mansarde au premier, le père de Sonia, qui vivait alors sa dernière année, occupait la pièce du coin et, sur la terrasse fermée, Robert Victorovitch installa son atelier. Ils avaient plus d'espace, ils étaient financièrement plus à l'aise.

Par un concours de circonstances lié à cet échange d'appartements, Robert Victorovitch se retrouva tout près du Montmartre moscovite, à dix minutes à pied d'un véritable village de peintres. À sa grande surprise, en ces lieux qu'il croyait désertiques et incultes, il se découvrit, sinon des âmes sœurs, du moins des interlocuteurs : Alexandre Ivanovitch K., un adepte de l'école russe de Barbizon, protecteur des chats perdus et des oiseaux éclopés, qui peignait ses tableaux exubérants assis sur la terre humide, assurant que, tel Antée, il tirait ses forces créatrices du contact de son arrière-train avec le sol ; Grigori L., un bouddhiste zen ukrainien et chauve qui fabriquait sur du papier de la porcelaine transparente et de la soie, en couvrant dix fois de suite des couches d'aquarelle avec du thé ou du lait ; Gavriline, un poète aux cheveux bigarrés et au nez cassé, doué d'un talent inné pour le dessin : sur de grandes feuilles de papier d'emballage déchiré, il dessinait, parmi des motifs alambiqués, des poèmes-palindromes, des cryptogrammes de mots et de chiffres qui emballaient Robert Victorovitch.

Tous ces gens farfelus, qui découvraient leur voie en ce début de dégel trompeur, étaient attirés par Robert Victorovitch et, peu à peu, sa maison si fermée se transforma en une sorte de club dans lequel le maître des lieux jouait le rôle de président d'honneur.

Il était comme toujours peu loquace, mais il lui suffisait d'émettre un doute, de lancer une boutade, pour ramener dans le droit chemin une discussion qui s'égarait ou pour donner un tour nouveau à la conversation. Le pays, plongé dans un lourd silence pendant des années, s'était soudain mis à parler, mais cette liberté de parole s'exerçait derrière des portes fermées, la peur était encore là, tout près.

Sonietchka écoutait la conversation des hommes en ravaudant les bas de Tania tendus sur un champignon en bois lisse. Ce dont ils parlaient — les moineaux d'hiver, les visions de Maître Eckhart, les façons de préparer le thé, la théorie des couleurs de Goethe — n'avait rien à voir avec les préoccupations de l'époque qui régnait dehors, mais Sonietchka se réchauffait pieusement au feu de cette conversation universelle et ne cessait de se répéter : «Seigneur, Seigneur, qu'ai-je donc fait pour mériter un tel bonheur...»

*

Gavriline, le poète au nez plat, grand amateur de tous les arts, avait l'habitude de farfouiller dans les journaux. Un jour, à la bibliothèque, il tomba sur un grand article consacré à Robert Victorovitch dans une revue d'art américaine. La courte notice biographique exagérait quelque peu en annonçant sa mort dans les camps staliniens à la fin des années trente. La partie analytique de l'article était rédigée dans une langue trop compliquée pour le poète, il n'avait pas tout compris, mais d'après ce qu'il était arrivé à traduire, il s'avérait que Robert était presque un classique, en tout cas un pionnier du courant artistique qui s'épanouissait à présent en

Europe. L'article était accompagné de quatre reproductions en couleurs.

Dès le lendemain, Robert Victorovitch s'était rendu à la bibliothèque de Moscou en compagnie du peintre de Barbizon, avait trouvé l'article et était entré dans une rage folle en constatant qu'une des quatre reproductions n'avait rien à voir avec lui, puisque c'était un tableau de Morandi, et qu'une autre était imprimée à l'envers. La lecture de l'article ne fit que décupler sa rage.

«Déjà, dans les années vingt, l'Amérique m'avait donné l'impression d'être un pays de crétins incultes, renifla-t-il. Apparemment, elle n'est pas devenue plus intelligente.»

Gavriline n'en avait pas moins claironné sur les toits le contenu de l'article, et même les décorateurs de théâtre sémillants et chevronnés se souvinrent soudain du vieux maquettiste et se précipitèrent pour refaire sa connaissance.

La conséquence inattendue de tous ces va-et-vient fut l'admission de Robert Victorovitch à l'Union des peintres, ce qui lui donna droit à un atelier. C'était un bel atelier dont les fenêtres ouvraient sur le stade Dynamo, qui ne le cédait en rien à son dernier atelier parisien dont les mansardes surplombaient la rue Gay-Lussac, avec vue sur le jardin du Luxembourg.

*

51

Sonietchka approchait déjà de la quarantaine. Ses cheveux grisonnaient et elle avait beaucoup grossi. Robert Victorovitch, maigre et léger comme une sauterelle, ne changeait guère, si bien qu'elle le rattrapait petit à petit. Tania avait un peu honte de l'âge de ses parents, de même qu'elle avait honte de sa grande taille, de ses grands pieds, de sa poitrine. Rien n'était à la bonne échelle, à la mesure de cette décennie qui ne connaissait pas encore la croissance accélérée des jeunes générations. Mais, à la différence de Sonia, elle n'avait pas de frère aîné pour la mettre en boîte, au contraire, les murs étaient couverts de merveilleux portraits d'elle à tous les âges, qui posaient sur leur modèle un regard bienveillant. Et ces portraits atténuaient un peu le mécontentement que Tania nourrissait envers elle-même. Dès la troisième, elle avait commencé à recevoir des preuves convaincantes de sa séduction tant de la part de ses jeunes condisciples que de celle des garçons plus âgés.

Depuis sa plus tendre enfance, Tania avait toujours vu tous ses désirs facilement exaucés. Ses parents, qui l'adoraient, s'y étaient employés avec ferveur, prévenant habituellement ses caprices. Poissons, chien, piano, étaient apparus presque le jour même où elle en avait parlé.

Elle avait été entourée dès sa naissance de jouets merveilleux, et les jeux qui se jouent tout seul, sans partenaires, constituaient l'essentiel de son existence. Ayant enfin abandonné les distractions d'une enfance prolongée, elle s'était assoupie pendant deux ans, avait langui le temps de la fameuse transition, puis, ayant compris très tôt quel était le jeu préféré des adultes, s'y adonna avec la conscience très nette de son droit au plaisir et à la liberté de développer une personnalité affranchie de toute entrave.

Tania ne connut rien de semblable à l'amour humiliant de Sonietchka pour Vitia Starostine. Bien qu'elle ne répondît pas aux canons classiques de la beauté et qu'elle fût totalement dénuée de ce que l'on appelle communément la grâce, son long visage au nez fin et busqué encadré de boucles rebelles et ses yeux étroits de verre translucide étaient d'une rare séduction. Ses camarades étaient également fascinés par cette manière qu'elle avait de jouer avec n'importe quoi — un livre, son crayon, son chapeau. Entre ses mains se déroulait toujours un petit spectacle que seul remarquait son voisin le plus proche.

Un jour qu'elle jouait avec les doigts et les lèvres de son ami Boris, chez qui elle était passée recopier des exercices de mathématiques, elle avait découvert un objet qui ne lui appartenait pas et qui l'avait énormément intéressée. La porte de la chambre des parents de Boris était restée entrouverte en cette heure tardive, et cette large fente claire, ces deux grandes ombres devant le téléviseur, tout cela faisait en quelque sorte partie des règles du jeu, règles qu'ils observaient scrupuleusement en échangeant des répliques qui n'avaient absolument rien à voir avec ce qui se passait. Et bien que cette séance eût commencé par un chassé-croisé de questions d'une innocence enfantine — « Tu as déjà essayé ? — Et toi ? » — à la suite duquel Tanietchka, qui n'avait jamais essuyé de refus, avait proposé : « Si on essayait ? », cette séance d'études consacrée au nouvel objet s'était terminée sur une brève introduction — au sens propre comme au figuré.

Au moment palpitant, une invitation intempestive à passer à table leur était parvenue de la pièce voisine, et la suite de l'expérience avait été reportée à un moment plus propice.

Les rencontres ultérieures avaient eu lieu en l'absence des parents. Pour Tania, le plus passionnant était la conscience toute nouvelle qu'elle prenait de son propre corps : il s'avérait que chaque partie de ce corps — les doigts, la poitrine, le ventre, le dos — possédait une sensibilité différente aux attouchements, permettant de susciter toutes sortes de sensations délicieuses, et cette étude expérimentale leur procurait à tous deux une foule de plaisirs.

Le garçon, un maigrichon couvert de taches de rousseur avec de grandes dents en avant et des boutons aux commissures des lèvres, manifestait lui aussi un talent exceptionnel et, en deux mois, nos jeunes expérimentateurs, qui bûchaient avec ardeur de trois heures à six heures et demie, c'est-à-dire jusqu'à l'arrivée des parents de Boris, avaient appris à maîtriser à la perfection tout le côté mécanique de l'amour, sans éprouver par ailleurs le moindre sentiment sortant du cadre d'un partenariat amical et purement technique.

Puis un conflit surgit entre eux, pour des raisons professionnelles, si l'on peut dire : Tania avait emprunté à Boris un cahier de géométrie et l'avait égaré. Elle le lui annonça avec une parfaite désinvolture, sans même s'excuser. Boris, qui était un garçon méticuleux et même maniaque, fut terriblement indigné, non tant par la perte du cahier que par la totale incapacité de Tania à comprendre l'inconvenance de sa conduite. Elle le traita de casse-pieds, lui la traita de teigne. Ils se brouillèrent.

Boris consacra ces heures désormais libres à potasser avec ardeur les mathématiques, se découvrant une vocation pour les sciences exactes, tandis que, dans sa mansarde, Tania, nullement pressée de choisir un métier, sifflotait sur sa flûte une petite musique sans âme, se rongeait les ongles et lisait... Pauvre Sonietchka, dont la belle jeunesse s'était écoulée sur les hauts sommets de la littérature mondiale ! Sa fille, dans son innocence culturelle, ne lisait que de la science-fiction, aussi bien étrangère que russe.

Pendant ce temps, les sonorités nasillardes de sa flûte ameutaient une armée de soupirants. L'air autour d'elle était chauffé à blanc, ses boucles électriques crépitaient et émettaient de petites étincelles au moindre frôlement. Sonietchka passait son temps à ouvrir et refermer la porte sur des jeunes gens en pulls zoologiques décorés de rennes anguleux, vêtus de vareuses ou de tuniques bleuâtres, tenue anachronique des écoliers de la fin des années cinquante, inventée dans un accès de débilité nostalgique par on ne sait quel vieux ministre de l'Éducation nationale.

Vladimir A., un musicien célèbre qui causa plus tard un grand scandale en choisissant de rester en Europe à une époque où ce genre d'acte était considéré, de ce côté-ci de la frontière, comme un crime politique, décrira dans des souvenirs, édités à la fin des années quatre-vingt et révélant un exceptionnel talent d'écrivain, ces soirées musicales dans la chambre de Tania, et ce piano droit au son merveilleux qu'il fallait réaccorder tous les jours. Il se souviendra avec tendresse de ce vieil instrument qui révéla au musicien débutant qu'il était alors le mystère de la personnalité des objets. Il en parle comme on pourrait parler d'un vieil oncle disparu depuis longtemps, qui aurait régalé l'auteur, dans son enfance, d'inoubliables gâteaux fourrés d'une unique cerise.

Selon le témoignage de Vladimir A., c'est précisément dans cette chambre, dont la fenêtre biscornue donnait sur le jardin et sur un vieux pommier au tronc dédoublé, qu'il avait pour la première fois, en accompagnant la faible flûte de Tania, éprouvé l'émotion de communier dans l'acte créateur et la joie de s'effacer musicalement pour permettre à la timide flûte de prendre le dessus.

Vladimir A., qui était à l'époque un garçon petit et grassouillet ressemblant à un tapir, était amoureux de Tania. Elle laissa une trace profonde dans sa vie et dans son âme, et ses deux épouses, tant la première, une Moscovite, que la seconde, une Londonienne, appartenaient indubitablement au même type de femme.

Le second interlocuteur musical était Aliocha le Pétersbourgeois — c'était ainsi qu'on le surnommait à Moscou. Il opposait au style classique de Volodia les libertés de sa guitare et une totale maîtrise de tous les objets susceptibles de produire un son, depuis l'harmonica jusqu'aux boîtes de conserve. Il était en outre poète et chantait d'une voix haut perchée de Petrouchka les premières chansons de la nouvelle culture parallèle.

Il y avait encore plusieurs autres garçons, spectateurs plus que participants, mais eux aussi étaient indispensables, car ils constituaient le public enthousiaste dont les deux futures célébrités avaient besoin.

*

Dans sa jeunesse, Robert Victorovitch avait été lui aussi au centre d'un tourbillon de courants invisibles, mais c'étaient des courants d'une autre nature, intellectuelle. Eux aussi, comme le pipeau de Tania, attiraient des foules de jeunes gens. Chose curieuse, durant ces années cruciales de l'avant-guerre, ce petit cercle d'adolescents juifs précoces, des teen-agers, comme on dirait aujourd'hui, étudiaient non le marxisme, alors à la mode, mais le *Sepher ha-Zohar*, le *Livre des Splendeurs*, le traité fondamental de la cabale. Ces garçons de Podole, la banlieue juive de Kiev, se retrouvaient chez Avigdor-Melnik, le père de Robert, dont la maison était accolée mur à mur à celle de Schwartzman, le père de Léon Chestov, avec lequel Robert se lierait d'amitié vingt ans plus tard à Paris.

Parmi ceux de ces garçons qui avaient survécu aux années de guerre et de révolution, pas un ne s'était tourné vers la philosophie juive traditionnelle ou vers le métier de prédicateur. Tous étaient devenus des *apikoïres*, c'est-à-dire des libres penseurs. L'un avait été un brillant théoricien et un non moins remarquable praticien du cinéma alors à ses débuts, un autre était devenu un musicien célèbre, un troisième, un chirurgien aux mains bénies des dieux, et tous avaient bu le même lait — cette jeune électricité qui s'accumulait à l'époque sous le toit d'Avigdor-Melnik.

Ce qui se produisait autour de Tania était de même nature que ce qui avait nourri sa propre jeunesse, Robert s'en rendait compte, mais placé sous le signe d'un autre élément, cet élément féminin qui lui était si hostile, et qui plus est, ajusté à une génération déchue grandie dans le dénuement.

Il fut le premier à remarquer que les visiteurs tardifs de Tania s'en allaient parfois à l'aube. Un jour que, fidèle à ses habitudes matinales, il était sorti vers cinq heures du matin de la partie de la maison où il couchait pour se rendre dans son atelier-terrasse, où il aimait passer ces premières heures qu'il ressentait comme les plus pures, Robert Victorovitch avait remarqué sur la neige fraîche des traces de pas allant du perron à la barrière. Quelques jours plus tard, il avait de nouveau aperçu des traces et avait demandé avec précaution à Sonia si sa sœur n'avait pas passé la nuit chez eux. Sonietchka s'étonna. Non, Ania n'avait pas couché ici.

Robert n'avait pas eu à mener d'enquête, car le matin suivant, il avait vu un jeune homme de haute taille vêtu d'un maigre blouson traverser le jardin. Il ne souffla pas mot à Sonia de sa découverte. La nuit, Sonietchka posait sa lourde tête sur l'épaule de son mari et se plaignait :

« Elle ne travaille pas en classe… Elle ne fait rien… Elle n'a que des mauvaises notes à l'école… Et cette Raïssa Semionovna fait des allusions ignobles… »

Robert la consolait :

« N'y pense plus, Sonia. Tout ça, c'est mort, ça sent épouvantablement mauvais… Elle n'a qu'à laisser tomber cette école minable. De toute façon, cela ne lui servira à rien...

— Qu'est-ce que tu dis? s'exclama Sonia, affolée. Les études, c'est indispensable...

— Calme-toi, voyons, coupa son mari. Laisse-la tranquille. Si elle ne veut pas travailler, il ne faut pas la forcer. Qu'elle souffle donc dans son pipeau, c'est tout aussi utile.

— Robert, mais ces garçons... Cela me tracasse tellement... protesta timidement Sonia. J'ai l'impression que l'un d'eux est resté toute une nuit, et elle n'est pas allée en classe le lendemain. »

Robert ne fit pas part à Sonia de ses observations matinales et garda le silence.

Depuis que Tania avait donné son congé à Boris, c'était une véritable sarabande. Des jeunes gens débordant d'hormones tourbillonnaient sans trêve autour d'elle. Elle expérimenta son nouveau divertissement avec plusieurs d'entre eux. La comparaison était à l'avantage de Boris — à tous égards et à tous points de vue.

Au printemps, il devint évident qu'elle ne passerait pas dans la classe supérieure. Le supplice de l'école étant devenu absolument insupportable, Robert, sans en dire un mot à Sonia, l'inscrivit à des cours du soir, ce qui entraîna des conséquences très graves pour toute la famille et, en premier lieu, pour lui-même.

*

La main toute-puissante du destin qui avait jadis désigné Sonia à Robert intervint alors dans la vie de Tania. L'objet de sa passion amoureuse était la femme de ménage de l'école, qui suivait également les cours du soir, Jasia, une jeune Polonaise de dix-huit ans au visage lisse comme un œuf fraîchement pondu. Leur amitié se noua lentement à un pupitre de l'avant-dernier rang. La vigoureuse et robuste Tania contemplait avec adoration cette fragile Jasia, transparente comme un flacon de pharmacie tout propre, et languissait de timidité. Jasia était taciturne, elle répondait par monosyllabes aux rares questions de Tania et arborait une réserve hautaine. Elle était la fille de communistes polonais ayant fui l'invasion fasciste, chacun, par la force des choses, dans une direction différente : son père vers l'ouest, et sa mère, avec son bébé, vers l'est, en Russie. Cette dernière n'avait pas réussi à se fondre dans la masse des millions d'habitants de ce gigantesque pays et avait été charitablement déportée au Kazakhstan, où elle était morte après avoir vivoté tristement pendant dix ans, sans avoir perdu ses idéaux sublimes et absurdes.

Jasia s'était retrouvée dans un orphelinat ; elle avait manifesté un attachement à la vie peu ordinaire en survivant dans des conditions qui semblaient spécialement conçues pour tuer le corps et l'âme d'une enfant, et s'en était sortie grâce à sa faculté de tirer le maximum d'une situation donnée.

Ses sourcils haut perchés au-dessus de ses yeux gris et son tendre museau de chatte semblaient chercher protection et, de fait, les protecteurs se présentaient d'eux-mêmes. C'étaient aussi bien des hommes que des femmes, mais sa nature indépendante l'incitait à préférer les hommes, car elle avait appris très tôt le moyen peu coûteux de s'acquitter envers eux de ses dettes.

L'un de ses derniers protecteurs en date, apparu après son évasion préméditée de la monstrueuse école d'artisanat pour orphelins dans laquelle on l'avait inscrite, avait été un gros Tatar d'une quarantaine d'années, Ravil, le contrôleur du train qui l'avait amenée jusqu'à la gare de Kazan, dans la ville de Moscou, d'où elle avait l'intention de prendre son envol. La poche latérale de son sac à provisions à carreaux contenait un passeport établi à son nom peu auparavant et subtilisé dans le bureau du directeur, ainsi que vingt-trois roubles d'avant la réforme, qu'elle avait chipés à Ravil pendant son sommeil alors qu'ils approchaient d'Orenbourg. Cet argent volé ne lui brûlait pas les mains pour deux raisons : elle n'avait pris dans la grosse liasse que très peu de billets et, en outre, elle avait l'impression d'avoir pleinement gagné cet argent pendant les quatre jours de voyage.

Ravil n'avait pas remarqué le vol et avait été

très chagriné quand la jeune fille ne s'était pas présentée deux jours plus tard devant le wagon numéro 7 pour retourner avec lui au Kazakhstan, comme elle le lui avait promis.

Non sans un léger sourire de dédain envers la naïveté de la petite sotte qu'elle était encore à l'époque, Jasia avait raconté à Tania comment, après avoir mouillé la serviette grise des chemins de fer dans le lavabo des toilettes publiques de la gare de Kazan, elle s'était complètement déshabillée sous les yeux des Asiatiques éberluées qui hantaient ces lieux nauséabonds, s'était frottée des pieds à la tête, avait sorti de son sac à carreaux le chemisier blanc à collerette enveloppé dans deux journaux qu'elle gardait depuis longtemps pour cette occasion, s'était changée et, jetant la serviette dans la corbeille en fil de fer rouillé, s'était lancée à la conquête de Moscou en partant de la position stratégique où l'avait placée le hasard, c'est-à-dire de la fameuse place des trois gares.

Son sac à carreaux contenait deux culottes, un chemisier sale de couleur bleue, un cahier rempli de poèmes recopiés de sa main, et un paquet de cartes postales représentant des acteurs célèbres. Elle était pleine d'assurance, d'ingéniosité et, effectivement, d'une incroyable naïveté : elle rêvait de devenir actrice de cinéma.

Tout était en place pour que Jasia devienne une prostituée professionnelle et, pourtant, ce n'était pas ce qui était arrivé.

Depuis deux ans qu'elle vivait à Moscou, elle avait assez bien réussi : elle disposait d'un permis de séjour provisoire et d'un logement provisoire dans un débarras de l'école qui l'employait comme femme de ménage, où passait la voir de temps en temps le commissaire de police du quartier, Malinine, un homme plus très jeune à la face rubiconde, le protecteur grâce auquel elle avait reçu tous ces cadeaux provisoires du destin. Les visites de Malinine étaient brèves, ne coûtaient pas grand-chose à Jasia, et n'avaient guère d'attrait pour Malinine lui-même. Mais c'était un collecteur de pots-de-vin, un concussionnaire dans l'âme, et comme Jasia ne possédait rien qu'il pût lui extorquer, il lui fallait bien prendre ce qu'elle avait à donner.

C'est dans ce débarras, sur un matelas de gymnastique qui lui tenait lieu de lit, que Jasia raconta son histoire à Tania. Tania fut profondément bouleversée, tout en éprouvant par ailleurs un mélange complexe de pitié, d'envie, et de honte pour le bonheur sans fond dont elle jouissait elle-même. Jasia, après avoir fait le récit détaillé, précis et sobre de tout ce dont elle se souvenait, avait soudain vu sa vie de l'extérieur, et en avait éprouvé une répugnance si violente et si définitive qu'elle ne raconta jamais plus cette vérité à personne. Elle s'inventa un nouveau passé, avec une grand-mère noble, une propriété en Pologne et de la famille en France qui, le moment venu, surgiraient dans sa vie comme des diables de leur boîte...

À part le réduit de Jasia, il y avait encore dans l'école une autre pièce habitée, occupée par le professeur de langue et de littérature russes Taïssia Sergueïevna, une veuve de guerre. Elle considérait d'un très mauvais œil les visites de Malinine, ce qui ne l'empêchait pas de confier à Jasia la garde de ses jeunes enfants et toutes sortes de travaux de lavage. En échange de ces services de bon voisinage, Jasia était autorisée à se servir dans sa bibliothèque et à ne pas assister aux cours de littérature. Taïssia Sergueïevna préférait qu'elle lui garde ses enfants pendant ce temps.

Une fois accomplis tous les devoirs de sa charge, Jasia s'allongeait sur le matelas de gymnastique en cuir imprégné de sueur et apprenait par cœur les fables de Krylov, sans lesquelles il a toujours été impossible, de tout temps, d'entrer dans une école de théâtre. Ou bien elle lisait Shakespeare à voix haute, du premier tome jusqu'au dernier, interprétant dans un murmure tragique tous les rôles féminins, de Miranda, la fille de Prospéro, à Marina, la fille de Périclès.

Les professeurs, déjà fatigués avant le dîner d'avoir dispensé leur enseignement aux frères cadets de leurs élèves du soir, ne les accablaient pas de devoirs. D'ailleurs, la moitié des étudiants étaient des habitants du foyer de la police qui se trouvait non loin de là, et ces jeunes gaillards épuisés somnolaient paisiblement dans la pénombre de la classe, récoltant leurs mauvaises notes avant de poursuivre avec succès leurs études, les uns en droit, les autres à l'école du Parti… Jasia était la seule dont la taille fût adaptée aux pupitres, les autres s'empêtraient dans ces châssis en bois spécialement conçus pour mettre les jeunes au supplice.

Tania, brusque et vigoureuse, se mouvait bruyamment avec la liberté sauvage d'une pouliche. Quand elle s'asseyait au pupitre, elle l'ébranlait si brutalement que Jasia en avait un léger haut-le-corps. Elle, elle se levait en rabattant silencieusement le plateau, avec un mouvement de hanches souple et caressant. Quand elle s'avançait dans le passage étroit menant jusqu'au tableau, la partie inférieure de son corps semblait très légèrement en retard sur la partie supérieure, la jambe sur laquelle elle prenait appui s'attardait un peu, s'immobilisant sur la pointe du pied, et elle ramenait ses genoux en avant comme si elle repoussait la lourde étoffe d'une longue robe du soir, et non celle d'une petite jupe élimée. Il y avait dans le fléchissement de sa taille une grâce particulière, chaque partie de son corps semblait se mouvoir de façon indépendante, et tous ces mouvements — la danse légère de ses seins, le balancement de ses hanches, l'oscillation de sa cheville — n'avaient rien des manœuvres étudiées d'une coquette, c'était une musique du corps toute féminine, qui attirait les regards et suscitait l'admiration. Tchouriline, un policier d'une trentaine d'années au large visage criblé de mitraille, hochait la tête en la regardant et grommelait : « Eh bien, dis donc… » Et l'on ne savait si ce murmure exprimait de la répulsion ou de l'émerveillement. D'ailleurs, Jasia se comportait avec une telle dignité que les choses n'étaient jamais allées plus loin que ce marmonnement.

En rentrant chez elle, Tania essayait de traverser l'obscurité du parc nocturne en imitant cette démarche, de jouer la musique de Jasia avec ses genoux, ses hanches et ses épaules : elle étirait le cou, traînait la jambe, balançait les hanches. Il lui semblait que sa grande taille l'empêchait d'avoir la fascinante souplesse de Jasia, aussi rentrait-elle les épaules. « On dirait un elfe ! » songeait-elle, puis, lassée de ses exercices de marcheuse-danseuse, elle rentrait à la maison à grands pas, lançant devant elle ses longues jambes et faisant avec ses bras des moulinets disgracieux, elle relevait brusquement la tête pour rejeter en arrière ses cheveux dans lesquels s'accrochait le brouillard nocturne, et Robert, qui venait souvent à sa rencontre dans le parc en cette heure tardive, reconnaissait de loin sa démarche et tout son caractère inscrit dans ces gestes excessifs, et il souriait devant la force et la gaucherie de sa fille qui le dépassait d'une demi-tête.

Tous deux aimaient ce parc nocturne et savouraient cette complicité silencieuse, cette confirmation secrète de leur complot tacite contre Sonietchka. Car tous les deux, lui par un sentiment de supériorité naturel, elle, du fait de sa jeunesse et de son hérédité, prétendaient à la meilleure part, celle d'un intellectualisme élitaire, laissant à Sonietchka les tâches bassement matérielles de la vie quotidienne.

Mais il ne venait même pas à l'idée de Sonietchka de s'attrister de la part qui était la sienne et d'envier leurs sommets : elle récurait consciencieusement assiettes et casseroles, s'adonnait avec passion à la cuisine en essayant des recettes recopiées à l'encre violette délavée dans le livre d'Hélène Molokhovets prêté par sa sœur, faisait bouillir des lessiveuses de linge, blanchissait, amidonnait et, parfois, en observant par-dessus son large dos le bleu de Hollande, la semoule, les paillettes de savon et les haricots verts, Robert Victorovitch constatait, avec cette acuité d'esprit qui le caractérisait, l'indéniable valeur esthétique, la haute signification et la beauté de l'œuvre ménagère accomplie par Sonia. « Sage, sage est le monde des fourmis... » songeait-il en passant, et il refermait derrière lui la porte de la véranda où s'accumulaient ses papiers austères, le blanc de céruse et les rares ingrédients qu'il s'autorisait pour ses exercices sévères.

Quant à Tania, les tâches ménagères de sa mère étaient le dernier de ses soucis : sa vie s'écoulait à présent dans les vapeurs de l'amour. En se réveillant le matin, elle restait longtemps allongée les yeux fermés, elle voyait Jasia, s'imaginait avec elle dans des situations fantaisistes et agréables : elles galopaient sur des chevaux blancs à travers une jeune prairie, ou bien naviguaient sur un yacht en Méditerranée, par exemple.

La liberté et même la désinvolture avec lesquelles elle usait des instruments sacrés de la nature avaient un peu fourvoyé ses instincts, et tandis qu'elle partageait avec de beaux garçons les plaisirs joyeux de la chair, son âme avait soif d'une relation sublime, d'une union, d'une fusion, d'un partage sans limites ni rivages. Son cœur avait choisi Jasia, et elle essayait de toutes les forces de sa raison de donner à ce choix un fondement, une explication rationnelle.

« Tu sais, maman, elle a l'air faible, aérienne, mais elle est d'une force extraordinaire ! » s'exclamait-elle en parlant à sa mère de sa nouvelle amie, des duretés de l'orphelinat, des fugues, des mauvais traitements, des victoires. Dans ses récits, Jasia, mue par une prudence instinctive, avait passé sous silence certains détails comme la relégation de sa mère, le commerce facile de son corps d'enfant, et une habitude bien enracinée de se livrer à de menus larcins.

Mais Sonietchka en avait entendu suffisamment pour compatir d'avance à ces souffrances d'enfant, et pour deviner ce qu'on avait caché à

Tania. «Pauvre, pauvre petite fille ! se disait-elle. Dire que notre Tanietchka aurait pu connaître cela, Dieu seul sait ce qui peut arriver, dans la vie...»

Et elle songeait aux nombreuses fois où Dieu les avait protégés d'une mort prématurée : le jour où Robert était tombé d'un wagon du train de banlieue d'Alexandrov, celui où une poutre s'était écroulée dans le bâtiment à l'intérieur duquel elle travaillait, ensevelissant sous de vieilles briques sombres la moitié de la pièce dont elle était sortie une minute plus tôt, et la fois où elle avait failli mourir d'une appendicite aiguë sur la table d'opération... «Pauvre petite...» soupirait Sonietchka, et cette fillette inconnue prenait pour elle les traits de Tania...

*

Jusqu'au nouvel an, Tania ne put convaincre Jasia de leur rendre visite. Celle-ci refusait toujours en haussant les épaules, mais ne donnait aucune explication à ce refus obstiné.

En fait, Jasia était depuis longtemps habitée par le pressentiment à la fois fort et vague d'un nouvel espace riche de promesses, et tel un stratège à la veille d'un combat décisif, elle se préparait secrètement et soigneusement à cette visite dans laquelle elle plaçait les espoirs les plus indéfinis.

Elle avait acheté dans le magasin «Tissus», près des portes Nikitski, un coupon de taffetas d'une teinte roussâtre, froid au toucher et brûlant à l'œil, et tous les jours, très tard dans la nuit, elle se cousait à tout petits points une robe élégante — dans le silence et la solitude, dans la prière et le recueillement, comme une femme enceinte qui redoute un peu, en confectionnant avant l'heure des vêtements pour l'enfant à naître, de nuire au processus même de son apparition au monde.

Elle arriva le 31 décembre vers minuit, découvrant un festin auquel étaient attablés le peintre de Barbizon, le poète et, pour couronner le tout, un metteur en scène de cinéma nanti d'un nez en bec d'oiseau et d'une bouche de grenouille. Avant même d'avoir examiné comme il se devait leurs visages expressifs, elle exultait déjà intérieurement, comprenant qu'elle avait atteint le cœur même de la cible qu'elle s'était proposé de toucher. Ces hommes adultes et indépendants étaient exactement ceux dont elle avait besoin pour prendre son élan, son envol, pour remporter une victoire totale et définitive.

Elle lança un regard caressant et plein de gratitude à Tania qui, toute rose et tout heureuse, rayonnait sous le fard de ses joues. Jusqu'à la dernière minute, elle avait douté de la venue de Jasia, et à présent elle était fière de sa beauté, comme si c'était elle qui l'avait inventée et modelée.

La robe de Jasia bruissait dans un froissement soyeux et sa lourde chevelure mordorée, pareille à une coulée de résine claire, tombait sur ses épaules comme taillée à la hache, exactement la coupe de Marina Vlady dans son film à la mode cette année-là, *La Sorcière*. Sa robe était profondément échancrée et les globes de ses seins, serrés l'un contre l'autre, dessinaient une tendre vallée ; sa taille était svelte, spécialement étirée en forme de verre à pied, ses chevilles fines sous des mollets dodus, et la rondeur de ses avant-bras accentuait la délicatesse de ses poignets. Rien à voir avec la lourdeur d'une guitare, avait noté Robert Victorovitch en passant, mais plutôt le charme cristallin d'un verre à pied.

Sonietchka était un peu déçue. Émue d'avance par la dure destinée de l'amie de Tania, elle ne s'attendait pas à voir, au lieu d'une cendrillon-souillon, une élégante beauté aux yeux fardés, dans tout l'éclat de son charme slave.

Jasia répondait aux questions par monosyllabes et gardait les yeux baissés, ne levant ses cils lourds de mascara que pour implorer — c'était exactement cela, implorer — avec la royale humilité de sa défunte mère : « Non, merci… Oui, je vous en prie… » Dans ses réponses laconiques, une oreille fine pouvait déceler l'accent polonais aux « l » et aux « v » accolés.

Sonietchka remplissait son assiette, tout attendrie. Jasia soupirait, refusait, mais finissait quand même par manger et l'aile de canard, et la tranche de galantine, et la salade au crabe. «Je n'en peux plus, je vous remercie!» disait-elle d'un ton charmeur et presque plaintif. Mais Sonietchka n'arrivait pas à chasser la compassion de son cœur : pauvre petite fille, sans parent, et puis cet orphelinat... Seigneur, comment de telles choses sont-elles possibles...

Alexandre Ivanovitch, le peintre de Barbizon, chantait déjà d'une langoureuse voix de diacre des airs d'opéra en italien, Gavriline, un peu gris, imitait de façon follement drôle un chien cherchant ses puces. Il roulait les yeux en émettant des grondements tour à tour rageurs et béats, enfouissait sa tête sous son aisselle et rendait tout le monde malade de rire. Robert souriait, faisant étinceler le métal de ses yeux et celui de ses dents toutes neuves.

Vers deux heures, on vit débarquer Aliocha le Pétersbourgeois, l'ardent soupirant de Tania, drapé dans sa future gloire qu'il s'essayait déjà à porter, et muni d'un sachet d'herbe grise — il fut l'un des premiers amateurs de nirvana asiatique sur les berges de la Néva. Sans se faire prier, il dégaina sa guitare et avec force grimaces, chanta plusieurs chansons pleines d'humour, drôles ou tristes, en tordant sa bouche de clown.

Aliocha était amoureux de Tania, Tania était amoureuse de Jasia, et Jasia, en cette nuit du nouvel an, tomba amoureuse de la maison de Tania. Au matin, une fois les invités partis, les filles aidèrent à débarrasser la table, puis Sonia installa un lit pour Jasia dans la chambre du coin désormais inoccupée ; c'est là que Robert Victo-rovitch, en quête d'un rouleau de papier gris, la trouva pendant la journée.

Tout était silencieux. Sonia, après avoir rangé la maison, était partie chez sa sœur, et Tania dormait dans sa mansarde ; Jasia, réveillée par le grincement de la porte, ouvrit les yeux et, pen-dant un long moment, observa Robert qui fouillait derrière l'armoire en pestant discrète-ment. Elle le voyait de dos, et essayait de se sou-venir à quel acteur américain il ressemblait. Elle avait déjà vu le même visage et les mêmes che-veux argentés coupés en brosse dans la revue polonaise *Przeglad artystyczny* qu'elle avait étu-diée d'un bout à l'autre. Elle n'arrivait pas à se souvenir du nom de l'acteur, mais elle avait l'im-pression que même la chemise de l'Américain était à gros carreaux rouges, comme celle-ci.

Elle se dressa sur son séant. Le lit grinça. Robert Victorovitch se retourna. Émergeant de l'immense chemise de nuit de Sonia pointait une petite tête blonde sur un cou trapu. La fillette se passa la langue sur les lèvres, sourit, et tira la manche de la chemise qui glissa aisément sur sa gorge par l'encolure. D'un mouvement du pied, elle fit tomber la couverture par terre, se leva, et l'immense chemise tomba sur le sol. Posant ses pieds menus d'enfant sur le plancher peint glacé, elle courut vers Robert Victorovitch, lui ôta des

74

mains le rouleau de papier qu'il avait fini par trouver et prit sa place entre ses bras.

« Un petit coup, si tu veux, mais vite ! » déclara la petite fée pratique sans la moindre coquetterie, comme elle disait d'habitude à son bienfaiteur, le policier Malinine. Seulement là-bas, elle savait dans quel but elle faisait cela, tandis qu'ici, ce n'était ni par intérêt ni par calcul. Elle ignorait elle-même pourquoi. Par reconnaissance envers cette famille… Et puis il ressemblait vraiment beaucoup à cet acteur célèbre, cet Américain, Peter O'Toole, peut-être…

Qu'un homme pût refuser les faveurs qu'elle lui octroyait, ces marques d'attention et de gratitude, c'était tout bonnement une chose qu'elle ignorait. Petite, comme faite au tour du bois le plus blanc et le plus tendre, elle leva vers lui sa frimousse en fête.

S'adossant légèrement à l'armoire, il dit d'une voix sévère : « Retourne vite sous ta couverture, tu vas attraper froid ! » Et il sortit de la pièce en oubliant le rouleau de papier. Jamais il n'avait vu une chair d'une clarté aussi lunaire, aussi métallique.

Jasia se pelotonna sous la couverture encore chaude et, une minute plus tard, elle s'était rendormie. Elle dormait avec délices, consciente jusque dans son rêve de la douceur de ce sommeil en famille, dans cette maison familiale, et sous sa joue, la chemise de nuit de Sonia, qu'elle n'avait pas remise, avait une odeur de paradis.

Robert Victorovitch, comme piqué par un dard, arpentait la pièce voisine en frissonnant, et secouait la tête. Le crépuscule précoce de l'année qui débutait à peine le regardait par la fenêtre, et Sonia ne rentrait pas, et Tania ne descendait pas l'escalier craquant. Il ouvrit avec précaution la porte de la pièce du coin et s'approcha doucement du lit. La fillette disparaissait presque entièrement sous la couverture, seule émergeait sa nuque châtain clair. Il glissa ses paumes sèches sous la neige chaude des draps. L'incursion de ses mains ne troubla pas le rêve de Jasia, ne gâcha rien. Elle se retourna pour s'offrir à ses caresses, et une nouvelle vie commença pour Robert, la dernière.

*

Vers le soir, l'honnête froid du nouvel an se fit plus mordant. Les vestiges des agapes de l'année précédente se desséchaient sur la table. Robert ne mangeait pas. Cette nourriture de la veille lui répugnait, et il songeait à la sagesse de ses ancêtres qui brûlaient les restes du repas pascal, lui épargnant ainsi un pareil déshonneur...

Sonietchka tournait stupidement sa cuillère dans son thé sans sucre, et s'apprêtait à dire à son mari quelque chose d'important, sans parvenir à trouver les mots appropriés.

Robert Victorovitch, l'air songeur, prêtait l'oreille aux échos assourdis d'un grondement de bonheur qui résonnait dans la moelle de ses vieux os, et essayait de se souvenir quand il avait éprouvé cette sensation... D'où lui venait cette étrange impression de déjà vécu... Peut-être avait-il ressenti quelque chose d'analogue dans son enfance quand, après s'être ébroué tout son saoul dans les eaux lourdes du Dniepr, il regagnait le sable croustillant et surchauffé, s'y enfouissait et se réchauffait dans ce bain sablonneux jusqu'à ce que monte dans ses os cet écho délicieux... Cela ressemblait aussi à la stridente révélation de son enfance quand, sortant une nuit pour faire un petit besoin, le jeune Ruwim, le fils d'Avigdor, qui deviendrait plus tard Robert Victorovitch, avait penché la tête en arrière et vu toutes les étoiles du monde qui le regardaient là-haut de leurs yeux vifs et curieux, un carillon silencieux avait alors recouvert le ciel de son manteau plissé et c'était comme si lui, qui n'était qu'un petit garçon, tenait tous les fils de l'univers, et au bout de chacun de ces fils tintait une clochette au son aigu et grêle, et il était le centre de cette gigantesque boîte à musique, le monde tout entier faisait docilement écho aux battements de son cœur, à chacune de ses respirations, au flux de son sang et au flot de son urine tiède... Il avait rabattu sa chemise de nuit reprisée et, lentement, avait levé les bras comme pour diriger cet orchestre céleste... Et la musique l'avait pénétré au plus profond de lui-même, se propageant en ondes délicieuses jusque dans la moelle de ses os...

Il avait oublié. Il avait oublié cette musique, seul son souvenir avait mis de longues années à s'effacer.

«Robert, si nous prenions cette petite chez nous? La pièce du coin est inoccupée», dit doucement Sonietchka en arrêtant le mouvement de la cuillère dans la tasse.

Robert considéra sa femme d'un air surpris, et dit ce qu'il disait toujours quand il s'agissait de problèmes qui ne le concernaient pas :

«Si tu estimes que c'est nécessaire, Sonia... Fais comme tu l'entends.»

Et il était retourné dans sa chambre.

*

Jasia s'installa chez Sonietchka. Sa présence silencieuse et charmante réjouissait Sonia et flattait secrètement son orgueil — recueillir une orpheline, c'était *mitsva*, une bonne action, et pour elle qui, au fil des années, percevait de plus en plus distinctement ses origines juives, c'était à la fois une joie et un devoir agréable à remplir.

Le souvenir du samedi se réveillait en elle, quelque chose la ramenait vers la vie au rituel bien réglé de ses ancêtres, avec ses fondements inébranlables, sa table solide aux pieds lourds couverte d'une nappe d'apparat empesée, avec les cierges, le pain fait maison, et ce mystère familial qui se joue dans chaque foyer juif la veille du samedi. Coupée de cette vie ancestrale, elle mettait toute son inconsciente ferveur religieuse dans des recettes de viande à l'oignon et aux carottes, dans le blanchiment des serviettes damassées, dans l'art de dresser la table, sur laquelle elle disposait selon les règles, à droite et à gauche, les porte-couteaux et les petites assiettes, comme l'exigeait un autre canon, moderne, celui de la bourgeoisie. Mais cela, Sonia ne s'en doutait même pas.

Durant ces années de relative opulence, elle trouvait sa famille trop petite et s'attristait en secret que son destin n'eût pas été de donner naissance à une ribambelle d'enfants, comme il est de mise dans sa tribu. Elle ne se lassait pas d'acheter à des prix fabuleusement bas, chez un antiquaire de la rue Nijnaïa Maslovka, des saucières en fer forgé dépareillées et des assiettes en faïence anglaise, comme si elle se préparait à équiper la nombreuse descendance future de Tania.

La religion de Sonia, comme la Bible, était divisée en trois livres. Seulement au lieu de la Torah, des Prophètes et des Écrits, il y avait le Premier, le Deuxième et le Troisième.

La présence de Jasia à table donnait à Sonia l'illusion que la famille s'était agrandie et agrémentait les repas — tant la jeune fille se comportait à table avec naturel et gentillesse, mangeant en apparence très peu, mais avec un appétit inextinguible si vorace qu'il en était comique, car le souvenir de la faim qui avait accompagné toute son enfance était indéracinable. S'appuyant au dossier de sa chaise, elle gémissait doucement :

« Oh, tante Sonia ! C'était si bon... J'ai trop mangé, une fois de plus... »

Sonietchka souriait d'un air béat et posait sur la table des coupelles en verre trapues remplies de compote de fruits.

*

Deux mois s'écoulèrent. Grâce à une faculté d'adaptation toute féline et à une délicatesse innée, Jasia avait non seulement pris possession de la pièce du coin, mais également acquis dans la famille le statut de demi-parente.

Dès l'aube, elle partait laver les couloirs granuleux et les cabinets bourbeux de l'école, où elle retournait le soir avec Tania pour poursuivre ses études. Parfois, elles n'allaient pas jusqu'à l'école et séchaient les cours pitoyables des professeurs somnolents. Depuis l'emménagement de Jasia, leurs rapports s'étaient transformés en une relation fraternelle dans laquelle Tania, qui était la plus jeune, avait pris imperceptiblement le rôle de l'aînée, et son amour pour Jasia avait perdu de sa ferveur et de sa violence.

Les jeunes filles s'enfermaient souvent dans la

mansarde de Tania. Tania, assise en lotus, jouait sur sa flûte sa musique indécise, tandis que Jasia, blottie à ses pieds, lisait dans un murmure un peu chuintant les pièces mourantes d'Ostrovski. Elle préparait l'examen d'entrée d'une école de théâtre.

Sonia était touchée par la passion de Jasia pour la lecture. De plus, il lui semblait que Tania serait incidemment initiée à la grande culture. Ce en quoi elle faisait erreur.

Car si les jeunes filles bavardaient, Jasia se contentait essentiellement du rôle d'auditrice polie. Elle écoutait Tania lui raconter ses histoires de cœur, mais sans grand intérêt, et sans partager ses émotions. L'exaltation de son amie lui était totalement incompréhensible, et Tania attribuait à tort l'indifférence de Jasia à l'insignifiance de sa propre expérience, comparée à la richesse des aventures vécues par son amie. Il ne lui venait même pas à l'idée que Jasia, depuis l'âge de douze ans, était affranchie du besoin de laisser pénétrer son corps parfaitement indifférent par leurs «horribles machins».

*

Robert Victorovitch se sentait défaillir en présence de Jasia. L'épisode de la pièce du coin, dans le crépuscule précoce du premier jour de l'année, lui semblait une hallucination, une incursion dans un rêve qui n'était pas le sien. À présent, il ne s'autorisait plus à la regarder que du coin de l'œil, se délectant à la dérobée de sa blancheur tranquille, et il fondait au feu d'un désir juvénile. S'il ne se permettait pas le moindre geste envers elle, ce n'était nullement parce qu'il était arrêté par de misérables principes moraux. Son désir lui appartenait, mais cette femme ne lui appartenait pas — plus encore, installée par les soins de Sonia à une place taboue auprès de sa fille, elle ne pouvait pas lui appartenir.

Il passait des heures à regarder par la fenêtre la blancheur de la neige que diapraient de nuances délicates les altérations de la lumière et de l'humidité, il contemplait le flanc lisse et blanc de la cruche en faïence, les bribes du papier Watman à gros grain posé sur la table, le blanc mat des moulages en plâtre de bas-reliefs anciens avec, à peine visible, le corps des lettres d'un alphabet antique.

À la fin du deuxième mois, il se remit à peindre — vingt ans après les exercices du camp, après ses copies fantasques de fastidieuses horreurs.

À présent, ce n'étaient plus que des natures mortes blanches au fil desquelles il égrenait ses laborieuses réflexions sur la nature, sur la forme et la consistance de ce blanc qui détermina les débuts de la peinture, et les syllabes, les mots de ses méditations, étaient des sucriers en porcelaine, des serviettes en coton blanches, du lait dans un bocal en verre, et tout ce qui paraît blanc à un œil ordinaire, mais qui, pour Robert Victorovitch, représentait un chemin douloureux dans sa quête de l'idéal et du mystère.

Un matin très tôt, alors que l'hiver battait déjà en retraite et que la splendeur neigeuse du parc Pétrovski commençait à se flétrir et à se ratatiner, ils s'étaient retrouvés tous les deux sur le perron, Robert, avec deux toiles et un rouleau de papier kraft dans les bras, Jasia, avec deux manuels scolaires au fond d'un sac en tissu rouge.

«Tenez-moi cela, s'il vous plaît.»

Il lui fourra le rouleau dans les mains, avec la vague impression d'avoir déjà vu quelque chose d'analogue.

Jasia s'empressa de prendre le rouleau, tandis qu'il empoignait les toiles plus commodément.

«Je pourrais vous aider à le porter?» proposa la fillette, les yeux baissés.

Il se taisait, elle leva la tête, et pour la première fois depuis qu'ils vivaient sous le même toit, il plongea son regard perçant au fond de ses yeux calmes. Il acquiesça, elle baissa sa tête enveloppée d'un fichu blanc duveteux en signe d'assentiment et lui emboîta le pas, posant ses bottines d'enfant en caoutchouc dans la trace de ses pieds, comme on accomplit un rituel magique.

Il ne se retourna pas une fois durant le bref trajet. C'est ainsi que, marchant à la queue leu leu, ils arrivèrent devant l'entrée de l'immeuble où, derrière des portes s'alignant le long d'immenses couloirs, on bâtissait consciencieusement et avec compétence un art socialiste convenablement rémunéré, en sortant de temps en temps sur le palier sordide d'encombrantes variantes du géant chauve de la pensée…

S'adossant au flanc en granit de la maison, il retint maladroitement la porte du pied pour laisser passer Jasia. Au moment où la porte se referma en claquant, il sentit son cœur battre à grands coups violents et sourds, non dans sa poitrine, mais quelque part au fond de son ventre. Ces pulsations montaient en lui comme le soleil sur l'horizon, une rumeur d'océan emplit sa tête, ses tempes, et même le bout de ses doigts. Il posa les toiles et prit le rouleau des mains de Jasia. C'est là qu'il se souvint.

Il sourit en posant la main sur le duvet de son fichu humide tandis qu'elle défaisait déjà diligemment les gros boutons de son manteau coupé dans un vieux plaid, qu'elle avait passé de longues soirées à coudre avec Sonia. La mode était cette année-là aux gros boutons. Sa jupe et son chemisier étaient eux aussi serrés par des essaims de boutons marron et blanc et, après s'être débarrassée de son manteau, elle les sortit l'un après l'autre de leurs boutonnières soigneusement ourlées, l'air grave et songeur.

Les pulsations, qui avaient atteint l'intensité d'un tocsin et envahi jusqu'aux plus infimes de ses capillaires, cessèrent brusquement, d'un seul coup, et dans ce silence aveuglant, elle s'assit sur le fauteuil cassé en ramenant sous elle ses jambes fermes. Puis elle libéra ses cheveux de l'élastique qui les rassemblait en haut de son crâne, et se mit à attendre qu'il sorte de sa transe pour prendre ce cadeau insignifiant qui ne lui coûtait rien.

À partir de ce matin-là, Jasia passa presque tous les jours à l'atelier. Leur relation était brûlante et étrangement silencieuse. Généralement, elle arrivait, s'asseyait sur le fauteuil qu'elle avait élu une fois pour toutes, et dénouait ses cheveux. Il posait la bouilloire sur le réchaud et faisait du thé très fort, puis mettait cinq morceaux de sucre dans une chope en émail blanc — marquée par l'orphelinat, elle ne pouvait toujours pas se rassasier de sucreries — et plaçait devant elle un sucrier en porcelaine blanche, car elle croquait aussi du sucre en buvant.

Il la regardait longuement déguster son sirop, et méditait sur cette blancheur qui, plus radieuse qu'un arc-en-ciel, resplendissait sur la matité blanche du mur nu. La clarté de l'émail dans sa main rose et pourtant blanche, les gros éclats du sucre aux cassures cristallines, et le blanc grisâtre du ciel à la fenêtre, toute cette gamme chromatique ascendante s'élevait sagement vers son visage blanc comme un œuf, merveille de blancheur, de tiédeur et de vie, et ce visage était la tonalité principale d'où tout découlait, enflait, jouait et chantait le mystère du blanc mort et du blanc vivant.

Il l'admirait, elle le sentait et se rengorgeait sous son regard, fondant d'une vanité toute féminine et savourant son pouvoir sans partage, car elle savait qu'elle n'avait qu'à prononcer sa phrase d'une impudeur enfantine : « Tu veux un petit coup ? », et il hocherait la tête, il la porterait dans ses bras jusqu'au divan recouvert d'un vieux tapis, mais si elle ne disait rien, il resterait comme ça, à la dévorer des yeux, le pauvre, le bêta, qu'il était merveilleux, vraiment différent des autres, et il l'aimait à la folie...

« À la folie ! », se répétait-elle en son for intérieur, et un sourire d'orgueil effleurait ses lèvres, il devinait ce triomphe un peu niais, mais continuait à la regarder sans se lasser, jusqu'au moment où elle déclarait : « Bon, eh bien, je m'en vais... »

Jamais il ne lui posait de question sur elle-même, et elle non plus ne lui racontait rien, ce n'était pas la peine. L'attirance illimitée qu'il éprouvait pour elle de même que le désir insatiable qu'elle avait de se trouver près de lui n'avaient nul besoin d'être confirmés par des mots. En sa présence, elle avait l'impression d'avoir déjà accompli la carrière dont elle rêvait : elle était riche, belle et libre. Elle n'avait même plus besoin d'entrer à l'école de théâtre.

À la mi-avril, il commença à la peindre. D'abord un portrait, avec une théière et des fleurs blanches. Puis un autre. Et ce fut le début d'une enfilade de visages blancs, chacun se fondant dans l'ombre du suivant pour resurgir ensuite, et tous ces visages étaient liés entre eux par une sorte d'illusion d'optique.

Robert Victorovitch peignait vite. Bien qu'elle fût à ses côtés, et c'était important pour lui, il ne travaillait pas d'après nature. On eût dit qu'il avait commencé par s'imprégner d'elle et qu'à présent, il se contentait de jeter de temps en temps un coup d'œil dans son fonds secret. Il travaillait toute la journée et passait de plus en plus de temps dans son atelier. Déjà, auparavant, il aimait s'y rendre de bon matin, mais à présent, il lui arrivait souvent d'y passer la nuit.

Au même moment, alors que l'attrait de son foyer s'estompait et que la vie de Robert se transplantait de plus en plus dans son atelier, qui servait d'entremetteur en accueillant douillettement sa silencieuse maîtresse, des nuages s'amoncelaient au-dessus de sa maison.

Leur petit village était voué à la démolition. Des années de conversations récurrentes, mais peu concluantes, se concrétisèrent un beau jour en un ignoble papier muni d'un tampon délavé — l'avis signifiant la démolition de la maison et l'expulsion de ses habitants. Ce papier ne leur fut pas remis en main propre, comme c'est la règle dans ces cas-là, mais arriva par la poste, et c'est au milieu de la journée, après la distribution du matin, que Sonia remarqua cette enveloppe de mauvais augure dans la boîte aux lettres.

Serrant le papier entre ses doigts, elle se précipita dans l'atelier de son mari, où elle ne se rendait jamais d'habitude, respectant une interdiction non formulée, mais très claire. Robert était seul, il travaillait. Sonia s'installa sur le fauteuil qui grinça sous son poids. Son mari, silencieux, était assis en face d'elle. Elle regarda longuement les toiles couvertes de femmes pâles aux yeux blancs, et comprit qui était cette reine des neiges. Et Robert comprit qu'elle avait compris. Ils n'échangèrent pas un seul mot.

Sonia resta un instant assise, sans rien dire, puis posa sur la table la triste nouvelle et sortit de l'atelier. Sur le seuil de l'immeuble, elle s'arrêta net, stupéfaite. Il lui semblait que tout aurait dû être recouvert de neige, or, dehors, c'était le mois de mai avec ses tourbillons de boucles verdoyantes, et les longs trilles des tramways faisaient écho aux diverses nuances de vert.

Elle avait refait en sens inverse le chemin qui menait à sa chère maison si heureuse qu'il fallait, Dieu sait pourquoi, démolir planche par planche, des larmes coulaient sur les longues rides de ses joues et elle murmurait, les lèvres sèches : « Il y a longtemps que cela aurait dû arriver... J'ai toujours su que ce n'était pas possible... Que je ne le méritais pas... »

Pendant les dix minutes qu'elle mit à rentrer chez elle, elle comprit que ses dix-sept ans de bonheur conjugal avaient pris fin, qu'elle ne possédait rien, ni Robert — mais quand avait-il appartenu à qui que ce soit ? —, ni Tania, qui était si différente, qui tenait de son père, de son grand-père, peut-être, mais pas de sa race à elle, discrète, ni sa maison, dont elle percevait la nuit les soupirs et les craquements, comme les vieillards sentent leur corps qui leur devient étranger avec les années... «Comme c'est bien qu'il ait désormais à ses côtés cette belle jeune femme, tendre et raffinée, cet être d'exception, comme lui ! songeait Sonia. Et comme la vie est bien faite, de lui avoir envoyé sur ses vieux jours ce miracle qui l'a incité à revenir à ce qu'il y a de plus important en lui, son art... »

Vidée de tout, légère, les oreilles bourdonnant d'un tintement limpide, elle entra chez elle, s'approcha de la bibliothèque, y prit un livre au hasard et s'allongea en l'ouvrant au milieu. C'était *La Demoiselle paysanne* de Pouchkine. Lisa allait justement déjeuner, plâtrée de blanc jusqu'aux oreilles et plus lourdement fardée que Miss Jackson. Alexeï Berestov jouait au rêveur distrait, et du fond de ces pages monta vers Sonia le bonheur tranquille de la perfection du verbe et de la noblesse incarnée.

*

Les préparatifs du déménagement durèrent plusieurs jours. Sonietchka faisait des nœuds, remplissait de casseroles et de chiffons des vieilles caisses de cigarettes, et se sentait d'une humeur étrangement solennelle : elle avait l'impression d'enterrer son passé, d'empaqueter dans chacune de ces caisses les minutes, les jours, les nuits et les années de son bonheur, et elle caressait tendrement ces cercueils de carton.

Tania, les bras ballants, errait en robe de chambre à travers la maison, se cognant contre les meubles qui avaient quitté leur emplacement habituel et semblaient avoir acquis la faculté de bouger tout seuls. Les portes des armoires s'ouvraient à l'improviste, les chaises faisaient des crocs-en-jambe.

Tania n'aidait guère sa mère. Absorbée uniquement par ses propres émotions, elle s'abandonnait corps et âme à l'immense dégoût qu'elle éprouvait pour ce qui se passait.

Il y avait encore une chose qui l'accablait profondément : de nature renfermée et n'ayant pas encore, à l'époque, développé ses facultés d'expression, elle avait déployé devant Jasia toutes les circonvolutions de son âme en lambeaux et Jasia, avec son silence intelligent, s'était avéré être le seul interlocuteur qui accueillît ses émotions parfaitement superficielles avec une neutralité bienveillante si féconde que, grâce à ces conversations, qui tenaient plutôt du monologue, Tania avait appris à formuler ses pensées, à saisir des images au vol, et cela lui procurait un plaisir immense.

Ses autres amis — Aliocha le bambocheur qui chamboulait le monde, et Volodia, avec ses océans de talent, sa mémoire gloutonne et les connaissances qu'il y emmagasinait sur tous les sujets possibles et imaginables — l'entraînaient de force dans leurs univers fascinants, et Jasia était la seule à lui laisser la possibilité de penser par elle-même, de réfléchir à voix haute, de choisir à tâtons ces petits riens à partir desquels un être dessine à son gré le motif originel sur lequel viendront se greffer tous les ramages de sa vie future. C'était précisément cela qui donnait à Tania l'impression d'être proche de Jasia, et suscitait en elle un vague sentiment de gratitude.

Dans les rares moments où elle s'arrachait à la contemplation d'elle-même, elle avait bien remarqué que Jasia avait une vie privée. Mais toutes ses tentatives pour pénétrer dans l'espace interdit de ces heures qu'elle ne passait ni à l'école ni à la maison s'étaient heurtées à un silence tendre et évasif, ou à des réponses ambiguës. La première explication qui venait à l'esprit — une liaison secrète — soulevait une question brûlante : avec qui ?

Cette question avait trouvé sa réponse par le plus grand des hasards. Tania avait vu Jasia et son père près du métro, et avait été le témoin, resté inaperçu, d'une scène tout à fait impossible : ils mangeaient une glace en riant. De grosses gouttes de crème dégoulinaient, et Robert Victorovitch avait essuyé du bout des

91

doigts une tache blanche et poisseuse sur la joue de Jasia d'une façon telle que Tania, grande spécialiste en matière de caresses, avait frémi d'un sentiment tout nouveau et jusque-là inconnu — la jalousie.

Ce n'étaient ni le préjudice subi par sa mère ni des considérations d'ordre moral qui la bouleversaient. Une seule chose l'indignait : qu'on ait eu l'infamie de lui cacher cette liaison qui ne l'intéressait absolument pas...

Elle avait fait une scène à Jasia. Celle-ci, qui s'attendait depuis longtemps à être démasquée un jour ou l'autre, avait rassemblé ses affaires à la hâte et dévalé les marches du perron sculpté, abandonnant Tania à son chagrin et à son désarroi. Elle qui croyait que sa relation avec Jasia comptait beaucoup plus que n'importe quel amour...

Robert Victorovitch était à ce moment-là occupé à démonter un casier qu'il avait construit lui-même, et n'avait même pas remarqué tout de suite l'absence de Jasia.

Le jour du déménagement proprement dit arriva enfin. À la lumière de cette radieuse journée d'été, les meubles éraflés, si confortables et si familiers, achetés sur le marché Préobrajenski avec une frénésie de chasseur, avaient bien piètre allure. Tout fut embarqué dans une camionnette et transporté jusqu'à la triste banlieue de Likhobori, dans un appartement de trois pièces malcommode où tout, mais alors vraiment tout était d'une mortifiante misère : la minceur des cloisons, l'exiguïté de la minuscule cuisine dans laquelle Sonia se cognait les coudes, la baignoire avortée…

Robert Victorovitch installa les meubles avec l'aide de Gavriline. Chaque objet opposait une résistance farouche, refusant d'occuper l'emplacement prévu, et tout se hérissait de coins inutiles, il manquait partout quelques centimètres. Robert dut arracher une plinthe pour placer une petite armoire dans l'espace qui lui était attribué. Tania faillit pleurer sur une malle cerclée de fer au couvercle bombé, qui risquait fort de ne pas trouver de place du tout dans le nouveau logis.

Sonia fit installer le divan de Jasia et le lit de Tania dans une pièce donnant sur le vestibule et déclara :

« Ce sera la chambre des filles. »

Jasia, conviée par Sonietchka à donner un coup de main pour le déménagement, tendit l'oreille. Elle n'arrivait pas à comprendre ce qui se passait. D'ailleurs, cela n'avait pas tellement d'importance. Ce n'était pas à la maison elle-même qu'elle était attachée, mais à autre chose. Et l'essentiel, elle avait l'impression de le tenir bien en main.

Sonietchka sortit d'on ne sait où un grand sac marron dont elle tira une nappe magique avec des serviettes de table, des boulettes de viande froide et un thermos de soupe au kvas glacée.

Comme toujours, Sonietchka servit Jasia copieusement. La jeune fille souriait avec gratitude. Cette Sonia la surprenait. «Elle a peut-être une idée derrière la tête?» se disait-elle en s'obligeant à chercher une explication. Mais elle savait bien, au fond de son cœur, que ce n'était pas cela.

Soudain, au beau milieu du repas, Tania leva les bras au ciel et se mit à sangloter en tressautant et en secouant la tête, puis elle éclata d'un rire hystérique, et lorsque sa crise se termina brusquement, déclara, toute ruisselante de larmes et de l'eau qu'on lui avait versée sur le front, qu'elle partait sur-le-champ pour Piter[1].

Jasia l'entraîna dans la chambre dite des filles, qui ne devait jamais accueillir la moindre jeune fille. Elles s'installèrent sur le lit de Jasia. Jasia ôta l'élastique de sa grosse queue de cheval, et elles se réconcilièrent en se caressant les cheveux.

Mais Tania ne revint pas sur sa décision, et fila le soir même chez son barde fumeur d'herbe suave.

Robert Victorovitch retourna rue Maslovska avec Gavriline et Jasia, et Sonia, après avoir raccompagné toute sa maisonnée, resta seule pour sa première nuit à Likhobori. Elle songea avec tristesse à sa vie qui lâchait par toutes les coutures, à la solitude survenue sans crier gare, puis elle se coucha sur le divan en désordre du vestibule, sortit au hasard d'un paquet ficelé un

---

1. Appellation familière de Leningrad-Saint-Pétersbourg.

volume de Schiller, et lut jusqu'au matin — qui ne s'endormirait pas avec une telle lecture ! — *Wallenstein*, s'adonnant délibérément à la drogue anesthésiante de sa jeunesse.

*

Contrairement à ce que Sonia avait supposé, Robert n'avait nullement l'intention de l'abandonner. Il venait à Likhobori tous les samedis et une ou deux fois par semaine, accompagné de la discrète Jasia, et tandis que celle-ci s'affairait avec son bruissement soyeux dans la chambre des filles, triant ses vêtements et ses papiers ainsi que ceux de Tania, Robert élargissait le rebord des fenêtres, calait les étagères, sciait un casier en deux, accrochait les portraits de Tania.

Ils dînaient dans la pièce du milieu, devenue la chambre de Sonia. Ils parlaient un peu de Tania, qui était déjà à Piter depuis un mois et ne cessait d'ajourner son retour dans cette épouvantable banlieue.

Ils allaient se coucher tôt. Jasia dans la chambre des filles, Robert dans une pièce indépendante qui lui avait été attribuée près de la porte d'entrée ; quant à Sonietchka, elle s'affalait lourdement sur son divan et, en s'endormant, se réjouissait de la présence de Robert derrière la mince cloison à sa droite, et de celle de la fine et belle Jasia à sa gauche. Son seul regret était que Tania ne fût pas là.

Le matin, elle mettait dans des bocaux la salade de la veille, des boulettes de viande, de la semoule de sarrasin, puis fermait les couvercles et fourrait le tout dans le sac marron qu'elle donnait à Jasia. «Merci, tante Sonia!» disait Jasia en baissant les yeux.

Le jour de l'anniversaire d'Alexandre Ivanovitch, Robert demanda à Sonia de passer les prendre à l'atelier afin d'y aller tous ensemble. Ce fut leur première sortie en famille. Alexandre Ivanovitch, un puceau déjà moine dans le sein de sa mère, que l'on n'avait jamais vu impliqué dans la moindre intrigue avec des dames et qui, du coup, était soupçonné par son entourage bienveillant de péchés beaucoup plus intéressants, fut le seul à accueillir ce trio comme une chose parfaitement naturelle.

Les autres invités, en particulier ces dames de l'art, discutaient voluptueusement dans les coins de ce nouveau triangle en se montant la tête. Magdalina, une rousse un peu hystérique, souffrait tant pour Sonia qu'elle en attrapa une migraine. Et pour rien, vraiment : Sonia était contente que Robert l'eût emmenée, fière de la fidélité qu'il manifestait, lui semblait-il, envers elle, l'épouse vieille et laide, et pleine d'admiration devant la beauté de Jasia.

À la demande d'Alexandre Ivanovitch, elle joua un peu la maîtresse de maison, servant aux invités les plats tout préparés. Connaissant les problèmes intestinaux de Jasia, elle lui murmurait à l'oreille : « Chérie, ces choux farcis m'ont l'air un peu... Fais attention. »

Plusieurs dames étaient prêtes à accuser Sonia d'hypocrisie — elle semblait beaucoup trop à son aise dans cette combinaison apparemment désavantageuse pour elle. D'autres auraient voulu compatir à sa situation, exprimer leur désapprobation à Robert Victorovitch. Mais c'était absolument impossible, car ils se comportaient comme une véritable famille, d'ailleurs, ils s'étaient placés tout naturellement les uns à côté des autres : Robert au milieu, avec à sa droite Sonia, d'une demi-tête plus grande que lui, et à sa gauche Jasia dans tout l'éclat de sa blancheur, avec, au doigt, l'éclair d'un petit solitaire.

Il était impossible d'imaginer Robert achetant un diamant à sa demoiselle dans une bijouterie. Mais, pour être franc, il faut reconnaître qu'elle était de la race de ces petites femmes fragiles auxquelles on a justement envie de mettre une pierre au doigt, et dont on voudrait couvrir les frileuses épaules d'un manteau de fourrure.

Robert Victorovitch ne laissait pas aux autres, c'est-à-dire à ses amis, la possibilité de choisir entre les époux, d'exprimer de la compassion, de la réprobation, de l'indignation...

Et la soirée suivit son cours habituel. Gavriline, un peu gris, imita la mort du cygne, puis Lénine, et en bis, son fameux chien se cherchant les puces. Ensuite, on proposa une charade, dans laquelle figurait un fantôme rôdant, ou plutôt rampant à travers l'Europe, et une vache à six pattes formée par les trois dames les plus grosses recouvertes d'un rideau de toile.

À ce moment précis de la soirée, tout le monde pensa à Tania, la plus spirituelle des inventeuses de charades, et les dames les plus perspicaces échangèrent un coup d'œil. Pauvre petite !

Pendant ce temps-là, la pauvre petite séjournait dans la sympathique tanière de son ami Aliocha, sur l'île Vassilievski. C'était l'époque des nuits blanches à Piter, Tania était intrépide et curieuse, prête à chaque instant à se lancer très sérieusement dans n'importe quel jeu. Ils n'avaient pas du tout envie de se séparer, découvraient le monde à l'unisson, et Aliocha s'apercevait avec surprise que la présence de Tania, loin de le déranger dans son existence imprévisible, lui fournissait au contraire des occasions supplémentaires de vivre sa rupture avec « le soviétisme », comme il appelait dédaigneusement le mode de vie courant.

Quelques jours après cette soirée chez Alexandre Ivanovitch, Sonia était allée voir sa fille à Leningrad, elle l'avait attendue une demi-journée dans la cour, était restée quarante minutes en compagnie de Tania et d'Aliocha, assise à une table sur laquelle s'amoncelaient des livres, des disques, des restes de nourriture et des bouteilles vides, avait bu une tasse de thé, et était repartie par le train de nuit, après avoir laissé de l'argent à sa fille et lui avoir demandé de téléphoner plus souvent.

Dans le train, Sonia n'avait pas dormi, elle n'avait cessé de penser à la vie merveilleuse que menaient sa fille et son mari, à toute cette jeunesse qui fleurissait; et quel dommage que tout fût fini pour elle, et quel bonheur d'avoir connu cela... Elle dodelinait de la tête à la façon des vieillards, au rythme du léger balancement du wagon, anticipant le tic dont elle serait victime deux décennies plus tard...

*

Puis ce fut de nouveau l'hiver. Les filles auraient dû passer leur examen de fin d'études, mais elles avaient toutes deux abandonné l'école. Tania passa l'hiver à faire des aller et retour entre Moscou et Leningrad. Elle se brouillait régulièrement avec Aliocha et revenait à la maison, mais la banlieue de Likhobori la déprimait tellement qu'elle repartait dans son cher Piter.

Robert Victorovitch peignit pendant tout l'hiver. Il avait beaucoup maigri, mais son visage émacié rayonnait, et il se montrait plus tendre envers tout le monde. Sa petite compagne menait à ses côtés une vie tranquille, froissant des papiers de bonbons et bruissant de soie bon marché (elle n'arrêtait pas de se coudre à points menus et serrés des robes de diverses couleurs, mais de coupe identique), ou bien feuilletant des revues polonaises.

À l'époque, la Pologne faisait l'objet d'un engouement général. Un vent de liberté soufflait de l'Occident, légèrement alourdi après son passage au-dessus de l'Europe de l'Est.

Jasia avait cessé de dissimuler ses origines polonaises, et il s'avéra qu'elle se souvenait parfaitement de la langue qu'elle avait parlée dans son enfance avec sa mère. Robert Victorovitch, outre les langues européennes classiques, parlait également le polonais, et ce langage caressant aux chuintements pleins de charme leur inspirait des confidences; comme jadis avec Sonia, il racontait à présent à Jasia de petites histoires, des incidents drôles, invraisemblables et terribles, et c'était aussi sa vie, bien que, du fait d'une sorte de pudeur verbale, cette vie-là existât pour ainsi dire entre parenthèses, à côté de celle que Sonia connaissait par ses récits.

Jasia riait, pleurait, s'écriait «Jésus Marie!», elle était fière de lui, elle l'admirait, elle était si contente qu'elle finit même par éprouver quelques sensations agréables dont elle n'avait jamais soupçonné l'existence, en dépit de sa longue et précoce expérience des hommes.

Quant à lui, il ne se lassait pas de contempler sa gorge inaltérable, la peau toute fraîche de son visage, la blancheur du petit renflement sous ses fins sourcils, et il songeait au prix de la jeunesse, à ce genre de perfection dont avait parlé le seul génie russe[1] — « celle qui n'est pas digne d'être intelligente ».

Robert Victorovitch était d'une race féconde. Il fut obligé de construire dans son atelier un nouvel entresol, la place manquait pour ranger les toiles. Il terminait ses séries blanches. Il ne pensait pas avoir fait de découverte. Il avait creusé le terrain qui s'offrait, et ce n'était pas peu de chose, mais le mystère lui-même, ce secret qui promettait de se révéler d'un instant à l'autre, lui avait échappé, lui laissant, outre la délicieuse souffrance de l'avoir approché, sa mandataire attitrée au charme si dévastateur qu'il triomphait de sa fatigue, de son âge, et de l'usure de sa chair. Et les charges excessives de l'amour n'étaient nullement un fardeau pour la vieillesse de Robert.

À la fin du mois d'avril, dans la moiteur d'un redoux nocturne, il serra Jasia de toutes ses forces, et dans un soubresaut, laissa tomber lourdement sa tête sur l'oreiller rêche.

Il s'écoula un certain temps avant que Jasia comprît qu'il était en train de mourir. Elle se précipita en hurlant dans le couloir, sur lequel ouvraient les portes de sept autres ateliers. Les peintres n'habitaient pas là, très peu d'entre eux y passaient la nuit. Elle secoua les poignées des deux portes voisines, puis, dévalant les trois

1. Pouchkine.

étages, se rua sur le téléphone qui se trouvait chez la concierge.

La petite vieille à la maigre natte ébouriffée glapit en la voyant toute nue, mais Jasia la bouscula :

« Vite, vite, les urgences… »

Et, les mains tremblantes, elle composa le numéro.

Lorsque les médecins arrivèrent, Robert Victorovitch avait cessé de respirer. Il était couché sur le ventre, son visage violacé enfoui dans l'oreiller. Jasia n'avait pas réussi à le retourner.

Les circonstances de la mort étaient évidentes.

« Une hémorragie cérébrale », marmonna un gros médecin désagréable qui empestait l'alcool et la nourriture avariée. Et il laissa le téléphone de la morgue.

Les infirmiers redescendirent en cognant bruyamment la civière inutile.

« C'est un vieux, et il est mort sur une poule… Une jeunesse, en plus ! dit l'un d'eux.

— Et alors ? C'est mieux que de pourrir à l'hôpital ! » répondit l'autre.

*

L'appartement de Likhobori n'avait pas le téléphone. Jasia arriva chez Sonia alors que celle-ci s'apprêtait à boire son café du matin. La tête secouée d'un léger tremblement, Sonia la prit dans ses bras, la serra contre son cœur, et elles pleurèrent un long moment dans le vestibule.

Ensuite, elles se rendirent à l'atelier. On avait déjà transporté le corps à la morgue. Elles rangèrent rapidement le désordre épouvantable et insolite causé dans l'atelier par l'invasion des deux équipes, celle des médecins et celle des employés de la morgue.

Sonia retira du divan les draps pour les soustraire aux regards étrangers, et les fourra dans son sac. Puis elles allèrent téléphoner à Tania, à Leningrad, mais les voisins leur apprirent qu'elle était partie avec Aliocha on ne savait où. Jasia ne lâchait pas la main de Sonia, s'accrochant à elle comme une enfant. Elle était l'orpheline, et Sonia était la mère.

La concierge avait déjà eu le temps de raconter d'un ton pénétré à tous ceux qui voulaient l'entendre la mort scandaleuse de Robert Victorovitch. À partir de midi, ses voisins peintres se succédèrent dans l'atelier. Chacun apportait ce qu'il estimait de mise en de telles circonstances : des fleurs, de la vodka, de l'argent...

Au fur et à mesure se dessinaient les tendances de l'opinion publique : on s'apitoyait sur Robert, on éprouvait pour Jasia de l'hostilité et du mépris ; quant à Sonia, c'était plus compliqué, on attendait d'elle un geste, et on l'observait avec un intérêt d'ailleurs plein de sollicitude.

Tard dans la soirée, quand il ne resta plus dans l'atelier que les amis proches, Sonia, après avoir pleuré en silence et sans larmes, déclara soudain d'une voix ferme :

« Trouvez-moi une grande salle. Je veux que ces tableaux soient accrochés dans la pièce où sera le cercueil. »

Elle montra l'entresol où étaient rangées les toiles.

Le peintre de Barbizon et Gavriline échangèrent un regard. Ils aquiescèrent d'un signe de tête.

Tout fut fait selon ses vœux.

Le Fonds des peintres mit une salle à leur disposition. La veille, on suspendit les tableaux. Il y en avait cinquante-deux. Ce fut Sonia qui dirigea l'opération, et personne n'aurait pu mieux faire. Le soleil avait soudain montré le bout de son nez, un soleil éclatant, violent, qui faisait mal aux yeux, il gênait et dérangeait Sonia dans sa tâche. Les toiles miroitaient, luisaient, et elle fit baisser les stores du bâtiment d'État. Elle accrocha les toiles. On releva les stores. Entre-temps, le soleil s'était calmé, et il s'avéra que tout était exactement à sa place. Robert Victorovitch lui-même n'aurait pas fait mieux.

Le lendemain, vers midi, les gens avaient commencé à affluer. Impossible de se faire une idée du nombre de personnes qui assistèrent à ces funérailles. Il y avait les vieux, vénérables, bardés d'ampoules et de médailles pour avoir peint des portraits géants, il y avait les moins vieux, représentants modérés de la nouvelle vague, et il y avait ceux que les respectables membres de l'Union des peintres ne laissaient pas franchir le seuil de leur maison — la racaille de Lianozovo[1], l'avant-garde en haillons.

Cette exposition posthume ne suscita aucune critique. D'ailleurs, Robert Victorovitch n'avait jamais éprouvé le besoin de soumettre ses œuvres au jugement d'autrui.

Le cercueil se trouvait au milieu de la salle. Le visage du défunt était très foncé, comme coulé dans du plomb, seules ses mains, croisées sur sa poitrine, blanchoyaient de cette pâleur glacée que Robert appelait le blanc non vivant.

Jasia, vêtue d'une robe en soie noire, se blottissait contre le grand corps informe de Sonia et pointait le nez de dessous le bras de sa protectrice, tel un petit pingouin sous les plumes de sa mère. Tania n'était pas là, on n'avait pu la retrouver dans cette joyeuse Asie centrale où elle était partie avec Aliocha en quête de verts pâturages.

Toutes les chuchoteries, tout le scandale qui entouraient cette mort étaient restés au vestiaire. Ici, dans la salle, même les amateurs les plus voraces de l'intimité d'autrui se taisaient. Les gens venaient saluer Sonia, prononçaient des formules de condoléances maladroites. Sonia, poussant légèrement Jasia en avant,

1. Banlieue de Moscou, qui donna son nom à un mouvement artistique d'avant-garde non officiel.

répondait machinalement : «Oui, c'est un malheur... Un vrai malheur qui s'est abattu sur nous...»

Et Timler, venu prendre congé de son vieil ami en compagnie d'une jeune maîtresse, déclara d'une petite voix mélancolique :

«Que c'est beau!... Léa et Rachel... Je n'avais jamais réalisé à quel point Léa pouvait être belle...»

*

Dieu accorda encore à Sonia de longues années de vie dans l'appartement de Likhobori, de longues années de solitude.

Tania épousa petit à petit son Aliocha, recevant en dot cette ville ensorcelante et distante à laquelle ne s'adaptent que les gens fiers et indépendants, et elle devint pétersbourgeoise. Ses talents se révélèrent tardivement. C'est seulement après l'âge de vingt ans qu'il s'avéra qu'elle était incroyablement douée pour la musique, pour le dessin, et pour tout ce sur quoi elle daignait poser son œil distrait. Elle apprit en se jouant le français, puis l'italien et l'allemand — seul l'anglais suscitait en elle une répulsion bizarre — et mena une vie de bohème jusqu'au jour où, vers le milieu des années soixante-dix, après avoir divorcé d'Aliocha et de deux autres maris éphémères, elle émigra en Israël avec un fils d'un an et demi dans les bras et un sac sur l'épaule. Très vite, elle trouva un excellent poste à l'ONU, grandement aidée en cela par la célébrité internationale de son père.

Pendant quelques années, Jasia vécut chez Sonia, dans l'appartement de Likhobori. Sonia s'occupait d'elle avec tendresse, pénétrée d'une pieuse reconnaissance envers la providence qui avait envoyé à son cher Robert une telle consolation, un tel trésor pour embellir ses vieux jours.

Jasia était revenue à son idée de faire du théâtre, mais assez mollement. Sonia et elle prenaient plaisir aux travaux d'aiguille, tricotant pour Tania d'excentriques ponchos ou exécutant des commandes, mais leur principale occupation consistait à boire des litres de café noir en grignotant des gâteaux au miel préparés par Sonia. Puis, Jasia commençant à s'étioler, Sonia avait réussi à retrouver en Pologne, grâce à une importante correspondance menée à l'insu de la jeune femme, deux de ses tantes et une grand-mère, d'origine tout à fait modeste et pas du tout aristocratique. Dûment équipée par Sonia, Jasia partit alors pour la Pologne où, très vite, elle devait vivre le conte de fées classique : elle épousa un Français, beau, jeune et riche. Elle vit à présent à Paris, non loin du jardin du Luxembourg, à deux pas de l'immeuble où se trouvait jadis l'atelier de Robert Victorovitch, ce qu'elle ignore, bien entendu.

La maison du parc Pétrovski, vidée de ses occupants, resta encore de longues années abandonnée, avec ses carreaux cassés et des traces d'incendies allumés par des gosses. Elle servait d'abri aux chiens errants et aux vagabonds. Un jour, on y trouva un homme assassiné.

Puis le toit s'effondra, et personne ne comprenait pourquoi on avait été si pressé d'expulser les habitants pour les reloger dans des banlieues sans âme.

Les cinquante-deux tableaux blancs de Robert se sont éparpillés à travers le monde. Chacune de leurs apparitions dans les ventes d'art contemporain met les collectionneurs au bord de la crise cardiaque. Quant à ses œuvres d'avant-guerre, celles de l'époque parisienne, elles coûtent des sommes fabuleuses. Il en reste très peu, onze en tout.

Sophia[1] Iossifovna, devenue une vieille femme grosse et moustachue, vit à Likhobori, au deuxième étage d'un petit immeuble khrouchtchévien. Elle ne veut pas déménager, ni dans sa patrie historique, dont sa fille est citoyenne, ni en Suisse, où cette même fille travaille actuellement, ni même dans ce Paris que Robert aimait tant, et où sa seconde fille, Jasia, ne cesse de l'inviter.

Sa santé se dégrade. Manifestement, elle est atteinte de la maladie de Parkinson. Les livres tressautent entre ses mains.

Au printemps, elle se rend au cimetière de

---

1. Les formes Sonia et Sonietchka, utilisées jusqu'ici, sont toutes les deux des diminutifs du prénom Sophia.

Vostriakovo et plante sur la tombe de son mari des fleurs blanches qui ne prennent jamais.

Le soir, chaussant sur son nez en forme de poire de légères lunettes suisses, elle plonge la tête la première dans des profondeurs exquises, des allées sombres et des eaux printanières.

DU MÊME AUTEUR

Aux Éditions Gallimard

COLLECTION FOLIO

Composition et impression Bussière
à Saint-Amand (Cher),
le 31 mars 1998.
Dépôt légal : mars 1998.
1ᵉʳ dépôt légal dans la collection : mars 1998.
Numéro d'imprimeur : 878.
ISBN 2-07-040426-9./Imprimé en France.

86668